ANNA FRIEDRICH

HOLLY
Die gestohlenen Tagebücher

März

GOLDMANN
Lesen erleben

Buch

Seit Wochen beschäftigt die Holly-Redaktion nur ein Thema: Wieso und wohin ist die illustre Chefredakteurin Annika Stassen verschwunden? Wie soll es jetzt weitergehen? Ausgerechnet Christa von Hutten wurde zu Holly zurückgebeten. Sie ist mit einem der berühmtesten, schillerndsten Fotografen der Welt verheiratet, alles an ihr ist Glamour – die Partys, die Affären, die Drogen –, und nun soll sie die Chefredaktion übernehmen. Sie war gescheitert mit ihren großen Plänen, sie hatte sich verstrickt in ihren eigenen Intrigen. Man hatte sie weggeschickt wie einen räudigen Hund, und sie fühlte sich von allen verraten. Bricht jetzt die Zeit der Rache an? Und es kommt noch schlimmer: Stassens Sekretärin hat Tagebuch geführt – dessen brisanter Inhalt: Intrigen, Affären, Feindschaften, Aufstiege und Abstiege, Nettes und Schmutziges. Die Bücher fallen in die Hände eines Mannes, der dieses Wissen für sich zu nutzen gedenkt …

Autorin

Anna Friedrich ist ein Pseudonym. Gäbe es sie wirklich, würde sie in Hamburg leben.

Alle Informationen zur Holly-Serie finden Sie unter:
www.holly-magazin.de

Anna Friedrich

HOLLY

Die gestohlenen Tagebücher

MÄRZ

GOLDMANN

Dieses Buch ist auch als E-Book erhältlich.

MIX
Papier aus verantwortungsvollen Quellen
FSC® C014496

Verlagsgruppe Random House FSC® N001967
Das FSC®-zertifizierte Papier *Pamo House* für dieses Buch
liefert Arctic Paper Mochenwangen GmbH.

1. Auflage
Originalausgabe März 2015

Umschlaggestaltung: UNO Werbeagentur, München
Umschlagmotiv: FinePic®, München
Gestaltung der Umschlaginnenseiten: UNO Werbeagentur, München
Motiv der Umschlaginnenseiten: FinePic®, München
MR · Herstellung: Str.
Satz: DTP Service Apel, Hannover
Druck und Einband: GGP Media GmbH, Pößneck
Printed in Germany
ISBN: 978-3-442-48202-3
www.goldmann-verlag.de

Die Hauptpersonen

– und was bisher geschah.

Simone Pfeffer

Weiß gerade nicht, was sie von ihrem Leben halten soll. Schwört sich, dass mit dem Dreißigsten alles anders wird. Fängt mit einer Tasche und viel Mut einen ganz neuen Job in der Holly-Redaktion an. Ausgerechnet jetzt. Der Job ist klar definiert: Sie soll die Ordnung in Holly einführen – und dann geht das seelische Chaos erst richtig los.

Annika Stassen

Ist die Chefredakteurin, um die sich alles dreht – erst recht, als sie dann plötzlich nicht mehr da ist. Und eine Spur nach Frankreich führt.

Elisabeth Salditt

Die Besitzerin des Verlages: laut, reich, großherzig, rot, gelb, blau, schnell, gemein, umwerfend, kalt, empfindsam, hinterlistig und fair. Und sie hat einen Plan, von dem fast nur sie weiß, einen abenteuerlichen, gewaltigen, gemeinen, umwerfenden Plan.

Georg »Schorsch« Bender

Schreibt die besten Texte, hat eine feste Freundin, zwei Hasen und ein hinreißendes Muttermal auf dem Augenlid. Gefährlicher Mann, der gerne erst handelt und dann denkt.

Sibel Yolan

Recherchiert Kontakte ins Jenseits – und hat schnellen, geilen Sex. Glänzende Journalistin. Frau von einem anderen Stern. Sie geht zur Therapie, sie legt sich auf einen Billardtisch, und sie begegnet möglicherweise der Geschichte ihres Lebens, obwohl sie vom Tod handelt.

Steve Frommen

Der Verbündete aller Frauen. Pilates-Trainer mit Geheimrezepten und Geheimnissen.

Larissa Werner

Herrscht in dem Reich, in dem jeder Berliner Prominente einen Platz haben möchte. Schwebt auf Stilettos, kann fünf Sprachen – und schickt einflussreiche Männer und Frauen nach Sibirien. Die neue Partnerin von Elisabeth Salditt.

Christa von Hutten

Wird in der Not gerufen, um zu helfen. Kehrt zurück an den Ort ihrer Niederlage und übernimmt die Macht. Wird sie sich nun rächen?

Carla Rosenberg

Leitet das Psychologie-Ressort von Holly, kennt sich aber nicht nur in Seelendingen gut aus. Sie studiert leidenschaftlich gerne Körper, auch ihren eigenen. Man könnte auch Sex dazu sagen. Dann liegt sie im Krankenhaus. Starke Schmerzen, starke Medikamente. Manchmal kann auch beim Sex etwas schiefgehen.

Michael Keplin

Freund von Annika Stassen, intelligent, gutaussehend und ausgestattet mit besten Kontakten ins Jenseits. Er ist an Sibel Yolan interessiert und daran, mit Holly und dem Verlag »Salditt & Hansen« ins Geschäft zu kommen.

Max Wiesel

Dick, umwerfend, ein Geschichtenerzähler und in Geschäftsdingen ein Mann fürs Grobe. Doch die Geschäfte laufen schlecht, und ihm wird klar: Das Toten-Projekt mit Michael Keplin könnte seine letzte Chance sein.

Michael Freund

Ein Cyber-Mann, ein Hacker, ein Phantast – und ein Mann mit einer verletzten Seele. Er fängt an bei Holly zu arbeiten, als IT-Experte, als Computerfachmann. Doch das ist nur die halbe Wahrheit.

NEU in Holly:

Ute Halma

Eine Sekretärin, das Holly-Urgestein, alle lieben sie, dabei ist sie eine Chronistin der menschlichen und wirtschaftlichen Abgründe. Bis sie eines Tages morgens nicht in die Arbeit kommt.

Lars Meier

Der Artdirector. Ein bunter Vogel, ein Meister des Perspektiv-Wechsels. Ach ja, und er ist homosexuell. Oder?

UND ALS SPECIAL GUEST:

Die Kamera

Sie sieht immer mehr als alle anderen. Kennt die Vergangenheit, linst in die Zukunft.

»Mode kann Trost spenden. Ein Kleid, das dir gut steht, sagt: Du bist in Ordnung, egal was du gerade getan hast oder was gerade geschehen ist. Wenn du eine vielgetragene Lederjacke aus dem Schrank nimmst, ist es wie die Begegnung mit einem Freund, der dich gut kennt – und sagt: Schön dich zu sehen, was wollen wir unternehmen?«

Ina Edelsinn

Prolog

Er: Dass wir mal spazieren gehen, anstatt Sex zu haben, hätte ich nie gedacht.

Sie: Wir können gerne Sex haben.

Er: Hier im Park?

Sie: Wo du willst. Traust du dich nicht?

Er: You can't always get what you want.

Sie: Songzeile?

Er: Klar. Kennst du sie nicht?

Sie: Nein.

Er: Interessant.

Sie: Fick mich.

Er: Du bist die Frau meiner Träume.

Sie: You're too much man for one woman, but you ain't enough for two.

Er: Auch Songzeile?

Sie: Nein.

Er: Da vorne ist ein Café. Sieht ganz gemütlich aus. Du frierst. Wollen wir reingehen und was trinken?

Sie: Nein.

Er: Was willst Du?

Sie: Ich will, dass du mich fickst.

Er: Was passiert mit Holly?

Sie: Ich weiß es nicht.

Er: Wenn es jemand weiß, dann du.

Sie: Ich weiß es nicht.

Er: Dieses große Blatt, dieses stolze Blatt, man darf doch nicht …

Sie: Ach, was darf man denn nicht, Mister Know-it-all?

Er: Vergiss es.

Sie: Ich will jetzt doch einen Kaffee. Hier draußen kennt uns doch niemand, oder?

Montag, 2. März

1

Es ist ihre Morgenstunde. Es ist zwei Minuten vor acht Uhr, um acht wird die Tür seines Schlafzimmers aufgehen. Paul und sie lieben die Genauigkeit, so war es immer. Hübsch sieht er aus, der Tisch, den sie angerichtet hat. Sein weißes Lieblingsgeschirr, das er damals aus dem Taj Mahal in Bombay mitgehen hat lassen. Mitgehen heißt: Er fragte beim Hoteldirektor, ob er dieses Geschirr, sechsundzwanzig Teile von allem, für ein Fotoshooting benutzen könne. Natürlich, große Freude, große Ehre. Kam nie wieder zurück, reiste stattdessen nach Berlin, an den Fasanenplatz, passt noch besser hierher als ins Taj Mahal.

Wie lange wohnen sie jetzt schon hier? Neun, zehn Jahre? Christa von Hutten überlegt kurz. Genau sein, bitte. Sie hört Pauls Stimme in ihren Ohrwindungen. Im Mai werden es 12 Jahre. 1. Mai 2003 war der Einzug, abends feierten sie eine ihrer Partys. Der Erste Mai war damals in Berlin berüchtigt für die Straßenschlachten mit linken Autonomen. Solche Begleitmusik liebte Paul für seine Partys.

Die Teekanne dampft, Darjeeling Risheehat, ein sehr guter Tee für den Morgen, aber nicht der beste, es muss ja für den Rest des Tages noch Steigerungsmöglichkeiten geben. Ein bisschen Lachs, eine kleine Kaviardose auf einer Glasschüssel, gefüllt mit Eis. Dazu Toast. Nichts weiter. Gestern hat Paul einen halben Toast mit Kaviar gegessen. Immerhin.

Es ist acht Uhr. Christa hört die Tür. Und dann steht Paul in der Küche, heute hat er den blauen Bademantel angezogen, den aus Los Angeles. Er gibt ihr einen Kuss auf die Stirn. Sie riecht sein Parfüm, Drake, das berühmte Drake, er hat sich kräftig eingesprüht, um alle anderen möglichen Gerüche wegzusprühen. »Guten Morgen, Christa«, sagt er. Niemand kann ihren Namen so aussprechen wie er. Er setzt sich hin.

»Guten Morgen, Paul.«

Nichts Liebling, nichts Kätzchen, Kosenamen sollen andere vergeben.

»Gibts was Neues von Jacky?«, fragt er.

Jacky Richards, ein berühmter Fotografenkollege von Paul, ist vor zwei Tagen in London verhaftet worden. Er soll ein Model während eines Shootings sexuell belästigt und vergewaltigt haben. Die Schlagzeilen in den letzten Tagen waren voll von der Sache. Aus Richards, dem genialen Fotografen, war Richards, das Sexmonster geworden. Immer neue Mädchen melden sich zu Wort: Auch ich war ein Opfer des bösen Richards …

»Er hat Jake Miller als Anwalt genommen. Angeblich

soll er bald auf Kaution freikommen. Das Mädchen war vollgepumpt mit Drogen, mit dem Dreh versuchen sie es jetzt: Sie hätte wirres Zeug im Drogenrausch behauptet.« Sie gießt ihm Tee ein.

Paul verdreht die Augen. Richards war ihm schon immer widerlich gewesen. Immer die gleiche Masche: Drogen und Sex, freiwillig oder nicht freiwillig, das war ihm egal. Und trotzdem war der Skandal jetzt auch widerlich, denn jahrzehntelang haben alle immer mitgespielt, die Mädchen, die Modefirmen, die Magazine, und alles nur, weil er der große Jacky Richards war. So ist er halt, der Richards. Und: Aber seine Fotos sind genial. Was sie nie waren. Und jetzt? Was ist jetzt mit den genialen Bildern?

»Alle stornieren jetzt die Fotoaufträge. Jacky ist erledigt. Alle heulen mit den Wölfen. Und ich auch«, sagt Christa, »er sollte für uns eine Bademodenstrecke fotografieren. Geht nicht, habe ich abgesagt. Ich habe keine Lust mich vor ihn zu stellen.«

»Gut so«, sagt Paul. Er nimmt einen Toast, bricht ihn in der Mitte und streicht auf die eine Hälfte Kaviar drauf, ohne Butter. »Vielleicht nimmt er sich im Gefängnis das Leben, das wäre für alle das Beste.«

Es ist ganz still in der Küche. Draußen ist es noch dunkel, und es wirkt so, als würde dieses Dunkel alle Geräusche ersticken. Keine Musik läuft, kein Jazz, nicht morgens, nicht in ihrer Morgenstunde.

»Wie geht es dir«, fragt er, »wie war dein Tag?« Sie sehen sich in diesen Tagen nur am Morgen, wenn sie abends nach Hause kommt, ist er zu benebelt, da ist er zu weit weg, um zu sprechen.

Christa geht es nicht gut. Die ersten Tage bei Holly waren die Hölle für sie. Die verzweifelte Sehnsucht nach Paul, krank zu Hause und eigentlich auch nicht erreichbar, aber trotzdem das Gefühl: Ich will da sein. Und dann die Leute in der Redaktion, die sich damals fast alle mehr oder weniger schäbig verhalten hatten, bei ihrem Rauswurf, zumindest nach ihrem Empfinden. Und jetzt sind sie alle verklemmt oder schleimig oder, ach, was soll's? Und die Termine, ununterbrochen, im Akkord. Eine Entscheidung nach der anderen. Was wird Titel? Welche Titelfarbe? Welches Mädchen? Welche Geschichte kommt ins Heft, welche nicht? Sie fühlt sich wie hinter einer Nebelwand, nichts kommt durch. Die Themen kotzen sie eher alle an. Außer das eine Gespräch mit der kleinen Sibel. Das fand sie spannend. Die wird mal ne richtig Gute. Na, vielleicht liegt es auch am Thema. Der Tod. Ist es schon so weit?

Christa geht es nicht gut, und sie sagt es auch. »Alle meine Gefühle gehen durcheinander, Wut, Angst, Rache, und irgendwie bin ich gelähmt und will nur zurück nach Hause. Zu dir.« Sie streicht über seine Hand.

Paul lächelt. »Das läuft dir nicht weg. Ich bin da. Und ich halte schon durch, keine Sorge.« Er sagt: »Mir hat in solchen Krisen immer geholfen, sich auf ein Gefühl zu konzentrieren. Vergiss die anderen. Und bleib bei dem Gefühl, deklinier es durch, geh sämtliche Verzweigungen. Ich mache das jetzt gerade auch. Wirst sehen, es hilft.«

»Was war dein Gefühl gestern?«, fragt sie.

»Angst«, sagt er.

Sie trinken Tee, sie isst, und sie schweigen ein wenig. Dann sagt Paul: »Wenn es nicht läuft, ist der Alltag immer ätzend. Auch da wieder: Konzentrier dich auf eine Sache. Und wenn es nur eine Kleinigkeit ist, mach sie so, als könntest nur du sie so machen. Sei in einem Moment ganz du selbst. Und wenn es die Art ist, wie du den Pförtner begrüßt.«

Christa nickt, steht auf. Sie ist noch nicht fertig angezogen. Oder genauer: Sie will ihren Look nochmal überprüfen, vor dem Spiegel im Schlafzimmer. Das geht gerade jeden Morgen so. Anziehen. In den Spiegel schauen. Alles wieder ausziehen. Nochmal von vorn. Irgendwann denken: so geht's doch! Und dann, ganz kurz, bevor sie losmuss, nochmal umziehen. Heute war die vorläufige Entscheidung zugunsten einer grauen Woll-Flanell-Hose von Stella McCartney gefallen, dazu die weiße Bluse von Jil Sander. Sieht immer noch gut aus.

Irgendwann ist es kurz vor neun, und sie verlässt das Haus. Vorher eine kurze Umarmung, Pauls Arme zittern, ein Kuss. In ein paar Minuten kommt der Arzt zu Paul, der alte Doktor Lott, der Freund. Und gegen Mittag kommt die Physiotherapeutin, ein ziemlich junges Mädchen, ziemlich hübsch. Früher hätte sie wetten können, dass irgendwann Paul angefangen hätte sie zu fotografieren und sie irgendwann gefragt hätte, ob sie sich nicht ausziehen will. Nein, so hätte er es nicht formuliert. Er hätte gesagt: Wollen wir jetzt ein bisschen mutiger werden? Sie hatte sie verachtet, diese Art seiner Spielereien, aber jetzt, jetzt wäre sie wirklich froh, er hätte die Kraft nochmal dazu, zu solch einem Unsinn.

Vor der Tür steht ihr schwarzer Alfa Spider. Baujahr 1972, richtig wacklig geworden mit den Jahren. Im Winter ziehts rein, am Cabrioverdeck, so wie jetzt. Eiskalt. Und der Motor braucht ewig, bis er richtig warm wird. Sie benötigt ohne größeren Stau knapp 20 Minuten in die Redaktion. So richtig warm im Auto ist es dann immer noch nicht.

Im Radio läuft Klassikradio, eine neue Bacheinspielung von Igor Levit, dem neuen Klavierstar. Wäre der mal ne Geschichte für Holly?, denkt sie kurz. Doch dann denkt sie: Wie kann ich diesen Tag prägen, was kann ich tun, was nur ich so machen kann? Ihr fällt wieder diese seltsame Rechnung ein, die sie gestern schon den ganzen Tag geärgert hat. 26.000 Euro, gestellt von einer Firma im Netz, die sich DOXTEN nennt. Keiner wusste, was das für eine Rechnung ist. Bis Thea rausfand, die Rechnung hat was mit der Verlegerin zu tun. Und schließlich ließ die Sekretärin von Elisabeth Salditt ausrichten, die Rechnung ist in Ordnung, bitte zahlen. Es gehe um ein interessantes digitales Projekt, das mit Annika Stassen abgesprochen war. Thea versuchte dann auf Christas Bitte hin irgendwie Spuren von DOXTEN im Netz zu finden, ohne Erfolg. Außer einer Notiz, und die kam ausgerechnet von Europol, der Europäischen Polizeiorganisation: »Das Ermittlungsverfahren gegen DOXTEN wurde eingestellt.«

26.000 Euro? In Zeiten, wo jede längere Busreise von Verlagscontrollern extra abgezeichnet werden muss, wo jeder Cent umgedreht wird, auf der Suche nach neuen Einsparmöglichkeiten. Wenn Salditt damit zu tun hat, warum zahlt es dann der Verlag nicht anstatt der Redaktion? Da stimmt irgendwas nicht. Das ist es, denkt Christa, mein Projekt, diese Rechnung kläre ich auf. Sie wird nicht gerne für dumm verkauft, auch nicht von Elisabeth Salditt.

Sie fährt in die Parkgarage, vorbei am Pförtner, der wirklich Herr Gutenmorgen heißt und immer und immer wieder den Kopf darüber schütteln kann, warum sie so einen alten Wagen fährt. Sie stellt ihr Auto auf dem reservierten Parkplatz K17 ab, geht die kleine Treppe hoch und sieht vorne am Aufzug Lars Meier, den Artdirector. Den vielgesichtigen Lars. Sie verlangsamt den Schritt, sie hat keine Lust mit ihm in den Aufzug zu steigen. Lars verschwindet hinter der stählernen Schiebetür, gut. Was ist das eigentlich für ein Mensch? Sie hat es über all die Jahre nicht herausgefunden.

Christa von Hutten betritt ihr Büro. »Guten Morgen, Thea«, sagt sie. »Guten Morgen, Frau von Hutten«, antwortet sie. Thea Liebhardt ist ihre neue Sekretärin. Sie ist das Beste im Moment an ihrem Chefjob. Eine hübsche junge, aufgeweckte Frau, sehr fleißig, sehr engagiert. Und, vor allem: Christa weiß nichts über sie, außer dass sie lustige und sehr anstrengende Zwillinge hat. Aber das ist nicht ihr Problem. Wie herrlich! Neue Menschen sind was Wunderbares. Natürlich dachten alle, sie werde wieder mit Ute, der alten Ute Halma, dem Sekretärinnen-Urgestein zusammenarbeiten – wie all die Jahre zuvor. Doch sie hatte einfach keine Lust. Warum? Man muss nicht alles erklären.

»Thea, ich hätte gerne einen Cappuccino, und bitte können Sie mit Ute Halma für heute Nachmittag einen kurzen Termin ausmachen, zehn Minuten, sagen Sie ihr, ich bräuchte eine Information.«

2

Georg Bender stapft durch den frühen Berliner Abend und weiß nicht, was er tun soll. Dieses Pochen loswerden, das wäre schon mal was, dieses Pochen in seinem Kehlkopf, in seiner Brust, in seiner Blutbahn.

Um halb sechs ist die Sonne untergegangen, um acht müsste er zu Hause sein, über die Maultaschen herfallen und den Kartoffelsalat loben, den Lena gemacht hat. Doch er ist längst selbst dabei unterzugehen. Mon Bijou Park, schwarze Bäume, betrunkene Engländer, ein beleuchtetes Schiff der Stadtrundfahrt, Kies unter den

Sohlen, Märzluft in der Lunge. Wie viele Runden will er hier noch drehen? Eine Tüte hat er in der Hand, Snickers, Mars, Bifi, Haribo, alles drin, von der Hälfte nur noch das Papier. Scheiß auf die Figur.

»Bist Du da?«, hat er in sein Handy getippt. Poch poch poch. Bist Du da? 42 Minuten ist es schon her, dass er diese Frage abgeschickt hat. 42 Minuten keine Antwort. Die braunen Haribos sind die besten, aber im Dunkeln kann man sie nicht sehen.

Simone. Wie viele Wörter sind in deinem Namen? Sie, sei, ein, nie, in, im, Eis, mein, so …

Er müsste zu Hause sein und über ganz andere Wörter nachdenken. Sein Bericht über eine Berliner Künstlerin, die plötzlich in der SPD Karriere macht, ist längst überfällig, sie soll noch in die nächste Ausgabe von Holly. Langweilige Person, wie sich herausgestellt hat. Dreimal hat er sie getroffen. Vor ein paar Jahren hätte er gesagt: ist nichts, die Geschichte, müssen wir vergessen, kommt über das Niveau einer Tageszeitung nicht hinaus. Aber heute? Fotos schon gemacht, drei Bewirtungen im Café Einstein, einmal Frühstück, zweimal Mittagessen. Erklär das mal den Controllingartisten und Effizienzclowns im Verlag. Dass man manchmal Geld dafür ausgeben muss, damit kein Text entsteht. Einmal war sogar ein Flasche Weißwein dabei, weil er hoffte mit Alkohol in dem toten Gesicht der Frau wenigstens ein Zucken zu erzeugen. Wie ein Hirnforscher, der Stromstöße ins Objekt seiner Beobachtung schickt.

Noch mehr betrunkene Engländer. Rule Britannia, Britannia rule the waves. Britons never never never shall be slaves …

Es muss ein guter Text werden, er muss zeigen, was er kann. Chefredakteurin Annika Stassen war ein Fan von ihm, aber die ist weg, verschwunden. Christa von Hutten, die jetzt allen beweisen will, dass sie die beste Holly aller Zeiten machen kann, hat früher mal zu ihm gesagt: »Alle sagen, du bist jung und du bist talentiert. Das finde ich auch.« Auf seinem Rückweg aus der Mittagspause hatte sie ihn oben am Lift abgefangen. »Aber so gut wie jetzt alle tun, bist du nun auch wieder nicht.« Sie hat damals das »so« sehr, sehr lang gezogen. Sie hat gelächelt dabei und ihn nach dieser Bemerkung einfach im Gang stehen gelassen.

Bist du da, Simone? Warum antwortest du nicht? Schon vorbei, deine großen Gefühle? Schon zu Ende, dein Liebesgeflüster? Mitternacht jetzt, Georg Bender setzt sich auf eine Parkbank, Blick zum Wasser. Vielleicht schläft sie ja, denkt er. Ja, sicher. Morgen früh wird sie antworten: Ja, ich bin da. Für dich bin ich immer da.

Ein Hund taucht aus dem Dunkeln auf und schnuppert an seinen Beinen. Ein großer struppiger Hund, das Weiße in seinen Augen blitzt. Ein Mann kommt und ruft ihn weg. Simone schläft nie so früh. Sie zappelt durch ihr Leben mit diesem runden Hintern und dem Lächeln, das alle Bauklötze in seinem Leben umgeschmissen hat. Immer ist sie wach, und immer ist sie müde.

Auf dieser Bank hier haben sie schon Sex gehabt. Sie hat seine Hose aufgemacht und sich auf seinen Schwanz gesetzt und mit ihrem Parka ein Zelt gebaut.

»Ich habe einen Freund«, hat sie gesagt. Und: »Von uns darf niemand wissen. Sonst bin ich in meinem Job erledigt, weil dann alle denken, dass du mich beeinflusst.«

Er nimmt sein Handy und tippt: »Ich sitze auf unserer Bank im Park. Der Mond ist eine Sichel neben dem Fernsehturm. Ich kann nicht schlafen, ich kann nicht schreiben, ich kann nicht nach Hause. Weil es Dich gibt und weil Du so bist, wie Du bist: wundervoll.«

Abschicken?

Ich mach mich zum Trottel, denkt er.

Na und?

Abschicken.

Die Kamera hält ihn noch einen Moment lang so fest, wie er dort sitzt, auf der Bank im Park, und wie er auf sein Telefon starrt, das mit einem schwachen Lichtschein zurückstarrt. Der Reporter Georg Bender, einer der Starschreiber der Zeitschrift »Holly«, dessen Job in höchster Gefahr ist, dessen Partnerschaft gerade kaputtgeht, der jetzt nicht nach Hause gehen wird, sondern sich ein Hotelzimmer nehmen wird und richtig im Mist steckt, weil der Name Simone in ihm pocht – der aber das Gefühl hat, dass er lange nicht mehr so lebendig war.

Dann zieht sich die Kamera zurück, der Mann auf der

Bank wird kleiner. Die Kamera entschwebt und sucht Simone Pfeffer, die selbstverständlich nicht schläft, die selbstverständlich jede von Benders SMS gelesen hat, aber gute Gründe hat, sie nicht zu beantworten.

3

Kann man mit Worten die Liebe retten? Ja, denkt Simone, schon möglich. Sie sitzt in ihrem Büro in der Holly-Redaktion und starrt auf den Bildschirm des Computers. Aber sie sieht gerade nicht, was da steht, was sie selbst geschrieben hat.

Simone denkt an Frank, ihren Freund. Und immer wieder denkt sie an die Szene, als er morgens um sieben in ihrer Wohnung hier in Berlin plötzlich aufgetaucht war, angefahren aus Hamburg, den Verdacht offenbar schon im Kopf. Wie sie vor ihm im Flur stand, nackt unter einem Männermantel, und wie dann Georg Bender, der Besitzer des Mantels, aus dem Schlafzimmer kam, auch nackt.

Vielleicht kann man mit den richtigen Sätzen die Liebe retten. Vielleicht hat Frank sie in dieser Situation gesagt. Frank, ihr starker Österreicher, der Koch ist und mit Medien nichts zu tun hat. Endlich mal einer, der mit Medien gar nichts zu tun hat, hat sie doch immer gedacht. Einer, der vom eigenen Lokal träumt und nicht von Ruhm und Ehre. Da stand er dann im Flur, getrunken hatte er, das war klar, das roch man. Und er hat erst stumm den Bender angeschaut, dann sie, dann nochmal den Bender, jetzt von unten bis oben. Dann wieder sie.

»Ich hab gestern den Pachtvertrag für mein Restaurant unterschrieben. In zwei Monaten geht's los«, hat er gesagt. Er hat ihr direkt in die Pupille geschaut dabei. »Ist der da ein guter Kellner? Was meinst?« Eine lange Pause hat er dann gemacht. Seine Augen waren ganz schwarz. Und seine Stimme war dann plötzlich ganz leise, ganz weich. »Wenn nicht, kann er jetzt gehen.«

Wie ein Theaterstück kommt ihr diese Szene heute vor, die drei Figuren in dem kleinen Flur der Dachgeschosswohnung am Hackeschen Markt. Abgang Bender: kein Wort, betont langsam, sein Anziehen im Schlafzimmer, der Griff nach seinem Mantel, sie dadurch ganz nackt, das Zuziehen der Wohnungstür. Klack. Als Nächstes sie selbst: hastig wie auf der Flucht, Badezimmer, Zahnpasta abwischen, anziehen, falsche Jeans, egal, kein Blickkontakt, Pulli, Schuhe, Parka.

Frank, der dasteht wie ein Baum.

»Muss los in die Redaktion, früher Termin.«

Frank, der nur nickt. Nochmal das Geräusch der Tür. Klack. Jetzt von außen.

Frank ließ sein Handy den ganzen Tag ausgeschaltet. Beantwortete keine ihrer Nachrichten. Als sie am Nachmittag in die Wohnung zurückschlich, war er noch da, saß auf dem Sofa, sagte nur: »Kannst jetzt reden?«

Aus diesen Gründen würde ich folgende nächste Schritte empfehlen. Diese Formulierung steht vor ihr auf dem Bildschirm. Dann kommt ein Doppelpunkt. Hinter dem Doppelpunkt kommt noch nichts. Die leere Fläche wartet. »Lassen Sie das doch mit den Excel-Tabellen, Frau Pfeffer«, hat Christa von Hutten, die neue Chefredakteurin im ersten Gespräch vor zwei Wochen zu ihr gesagt. »Sie sind doch Journalistin, und ich bin froh darüber. Excel-Tabellen sind etwas für BWLer, nicht für uns Journalisten.«

Sie saßen sich in der Besucher-Ecke ihres Büros gegenüber, das bis vor kurzem das Büro von Annika Stassen war. Christa von Hutten in Jeans und weißem Hemd, eine schwere Männer-Uhr am Handgelenk, sonst kein Schmuck. »Schreiben Sie mir einfach einen Bericht, wenn Sie mit Ihrer Analyse fertig sind«, hat sie gesagt. »Einen Bericht mit ganzen Sätzen ohne Tabellen. Wie Sie das gemacht haben, diese Untersuchung unserer Workflows, zu welchen Ergebnissen Sie gekommen sind und was Sie ändern würden an unserer Arbeit. Dann lese ich das – und dann reden wir darüber. Erstmal nur wir zwei.«

Gemessen an Annika Stassens Reaktion, vor vier Wochen auf demselben Sofa, wirkten die Sätze von Christa von Hutten so, als öffnete sich eine Tür in einen warmen Raum, nachdem man eine Weile in der Kälte gestanden hatte. Der Auftrag der Verlegerin, die Arbeitsabläufe bei Holly zu prüfen, hatte ja nur einen Zweck: Geld wollte man sparen, eventuell sogar Stellen abbauen, das war klar. Es hat Simone Pfeffer überrascht, wie offen und kollegial ausgerechnet die Frau reagiert hat, die von Kollegen als »gefürchtet« beschrieben worden ist.

Aus diesen Gründen würde ich folgende Schritte empfehlen. Bei ihrem Bericht weiß Simone genau, was folgen wird, deshalb sitzt sie noch in der Redaktion. Sie will den Text bis morgen fertig haben. Aber was sind die nächsten Schritte in der anderen Sache? Was würden Sie denn bei Ihrem Männerflow empfehlen, Frau Pfeffer? Frank hat vielleicht die Liebe gerettet, aber mit Bender haben Sie inzwischen schon wieder fünfmal gevögelt, einmal sogar nachts hier in der Redaktion und einmal auf einer Parkbank. Und mit Frank waren Sie dazwischen zum Versöhnungswochenende an der Ostsee, Spaziergänge, Sauna, Sex. Frank hat sich extra freigemacht, war nicht leicht für ihn, am Wochenende ist in dem Sternelokal, wo er kocht, besonders viel los.

Ihr Handy piepst. Georg Bender, die dritte Nachricht schon an diesem Abend. Nein, du kriegst jetzt keine Antwort, muss hier schreiben. Kennst du doch, großer Autor. Und keine Antwort ist vielleicht der erste der nächsten Schritte?

Simone erschrickt, als das Telefon auf dem Schreibtisch läutet. »19:50 Uhr« zeigt das Display. Und: »Chefredaktion Stassen«. Das ist natürlich falsch, das hat die IT-Abteilung noch nicht geändert. Annika Stassen ist nicht mehr da. Von Hutten müsste da stehen. Simone nimmt ab, am Apparat ist die Chefsekretärin Thea Liebhardt, für Simone, seit über vier Wochen in der Holly-Redaktion, längst ein Begriff. Immer freundlich, immer präzise, immer gelassen – im Job. Privat tobt um Thea Liebhardt ein Wirbelsturm: Sie ist alleinerziehende Mutter von Zwillingen im Alter von vier.

»Simone, können Sie bitte zu Frau von Hutten kommen?«, sagt die immer gelassene Stimme.

»Jetzt?«, fragt Simone und findet ihre Frage sofort überflüssig.

»Ja, sofort, bitte«, sagt Thea Liebhardt und legt auf.

Simone geht kurz auf die Toilette und kontrolliert ihr Make-up und die Haare. Was Christa von Hutten wohl von ihr will? Sie konnte ja nicht wissen, dass Simone noch im Büro ist … Vielleicht möchte sie einfach ein wenig reden? Oder über den Stand ihres Berichtes informiert werden? Oder sie hat eine Frage zu den Arbeitsabläufen … Als Simone vorne im Sekretariat Thea Liebhardts Gesicht sieht, spürt sie, dass es um etwas Ernstes geht. Thea nickt mit dem Kopf in Richtung der geschlossenen Tür des Büros der Chefredakteurin und sagt: »Gleich reingehen.«

Das Zimmer ist fast dunkel. Die Stehlampe in der Besucherecke ist stark gedimmt, sonst brennt nur die

Schreibtischlampe, deren Arm weit nach unten gezogen ist. Christa von Hutten sitzt dort und liest Manuskripte, ihr Gesicht bleibt über dem Schein der Lampe im Halbdunkel. »Nehmen Sie bitte hier Platz«, sagt sie, bevor Simone eine Begrüßung sagen kann, und sie deutet auf den Stuhl auf der anderen Seite des Schreibtisches. Simone bemerkt, dass sie eine Lesebrille auf der Nase hat, schwarz, mit massivem Gestell. Und Simone sieht, dass Christa von Hutten ein schwarzes Kleid trägt und eine altmodische Perlenkette, die an ihr aber cool aussieht. Sicher von Prada, denkt Simone. Miuccia Prada entwirft eine Menge Sachen, die Frauen jeden Alters stehen, so stand es in einem Holly-Porträt. Christa von Huttens Gesicht ist geschminkt. Blauer Lidschatten, leichter Lippenstift. Sie sieht aus, als müsse sie heute Abend noch zu einem Empfang oder in die Oper.

Simone schlüpft auf den angebotenen Stuhl, aber die Chefredakteurin wendet den Blick jetzt nicht von dem Manuskript ab, das vor ihr liegt. Sie will offenbar erst zu Ende lesen. Eine Duftkerze steht auf dem Schreibtisch, fällt Simone jetzt auf. Sie flackert ein bisschen und verbreitet den Duft »Orange Verte« von Hermès.

»Haben Sie angeordnet, dass wir bei der Heftproduktion diesmal auf die dritte Korrekturschleife verzichten?« Die Frage kommt ansatzlos und wird von einem Blick über den Rand der Brille begleitet, der erst völlig emotionslos ist und am Ende des Satzes kurz aufglimmt wie eine Zigarette in der Nacht.

»Ja … nein«, sagt Simone.

»Ja, nein?«

»Nicht richtig angeordnet«, sagt Simone. »Ich meinte nur, wir könnten das mal probieren bei einem Heft. Zwei Korrekturschleifen sind ja schon viel. Vielleicht kann man sich die dritte sparen.«

Christa von Hutten steht vom Schreibtisch auf, greift in eine Ablage auf dem Sideboard. Die Andrucke der aktuellen Ausgabe liegen dort. Gefaltete Bögen mit jeweils acht Seiten des Magazins. Die Chefredakteurin nimmt den obersten Bogen und legt ihn direkt vor Simone, dann setzt sie sich wieder.

»Das ist der Andruck unseres Themas *Das Leben ändern, jetzt?*. Es wird von einem Psychotest begleitet, bei dem man rausfinden kann, wie veränderungswillig man ist. Die Druckmaschinen laufen. 180.000 von diesen Bögen sind bereits gedruckt. Kennen Sie das Thema?« Christa von Huttens Stimme klingt gefährlich unbeteiligt.

»Nein«, sagt Simone.

»Die dritte Korrekturschleife ist in unseren Arbeitsabläufen unter anderem dafür da, dass alle Arten von Aktionen, bei denen Leserinnen mitmachen sollen, ein letztes Mal geprüft werden. Gewinnspiele, Diätpläne, Wanderkarten, Psychotests … Ist für die Leserin alles verständlich? Sind alle wichtigen Angaben vorhanden? Funktioniert alles? Haben wir nichts vergessen? Solche Sachen werden kontrolliert.« Christa von Hutten macht eine Pause. »Wissen Sie das?«

»So genau nicht«, sagt Simone Pfeffer.

»So genau nicht?«, wiederholt Christa von Hutten mit hochgezogener Augenbraue. »Wissen Sie das? Oder nicht?«

»Nein«, sagt Simone Pfeffer.

»Aber Sie fanden trotzdem, man sollte mal drauf verzichten?«

Simone Pfeffer schweigt. Nein, ihr ist nicht heiß und kalt, sie spürt ihr Herz nicht schlagen. Sie sitzt da ohne jedes Gefühl. Abgeschaltet.

»Man kann den Psychotest nicht machen, weil in den Kästchen, die man ankreuzen soll, die Punktzahlen fehlen«, sagt Christa von Hutten. »Ein Fehler in der Litho, vorher waren die Zahlen noch da. Weil bei dieser Produktion nicht nochmal kontrolliert wurde, wird der Mist jetzt gedruckt. Was glauben Sie eigentlich, wer Sie sind?«

Die nächsten Minuten im Zimmer von Christa von Hutten wird Simone vermutlich nie mehr vergessen. Und der Duft von Orange Verte wird immer mit der Zahl 200.000 Euro verbunden bleiben. Die Chefredakteurin erklärt ihr, dass sie die Produktion angehalten habe. Dass neu gedruckt werden müsse, weil es natürlich nicht sein darf, dass die Frauen beim Titelthema von Holly den zugehörigen Test nicht machen können. Mit den Worten »Darf ich Sie noch auf eine nette Kleinigkeit aufmerksam machen?« erklärt ihr Christa von Hutten noch, dass auf einer Kosmetikanzeige, die auf demselben Bogen gedruckt wird, eine Warenprobe aufgeklebt ist, ein kleines Tütchen mit einer neuen Anti-Aging-Creme. Von diesen Tüten hätten sie natürlich jetzt in der Druckerei nicht genug auf Lager, sagte Christa von Hutten, um die neu zu druckenden Bögen zu bestücken. Simone begreift, dass 180.000 Anti-Age-Creme-Tüten mit der Hand von den falschen Bögen weggezupft werden müssen, damit sie auf die neuen geklebt werden können. Die Druckerei habe entsprechende Hilfskräfte bereits einbestellt, sie werden die ganze Nacht arbeiten.

»Der Fehler kostet insgesamt circa 200.000 Euro«, sagt Christa von Hutten, während sie sich schließlich erhebt. Sie verstaut ihre Brille in ihrer Handtasche, zieht kurz die Lippen nach. »Da muss man ganz schön viel an Arbeitsabläufen künftig einsparen, um das wieder aufzuholen.«

Simone ist auch aufgestanden, stumm.

»Ich muss los«, sagt Christa von Hutten. »Sie gehen in die Herstellungsabteilung, ich habe Sie schon angekündigt. Und Sie sorgen dafür, dass auf dem neuen Bogen alles richtig ist. Zur Not mit einer Korrekturschleife zu viel.« Die Chefredakteurin lässt Simone stehen, geht an ihr vorbei zur Tür, dort dreht sie sich nochmal um. »Besorgen Sie sich Kaffee, das wird bis morgen früh dauern. Vielleicht hilft Ihnen ja Georg Bender.« Sie lächelt ein dünnes Lächeln. »Dies als kleiner Tipp: Hier bleibt nichts geheim.« Dann geht die neue Chefredakteurin von Holly. Ihre Schritte auf hohen Pumps sind noch einen Moment lang gut zu hören.

Simone bleibt stehen. Bis Thea Liebhardt in der offenen Tür erscheint. »Scheiße«, sagt Thea. »Mögen Sie einen Schnaps?«

»Um Gottes willen, nein«, sagt Simone.

»Na wenigstens haben Sie Ihre Sprache wieder«, sagt Thea. »Kommen Sie, wir gehen zusammen in die Herstellung. Die sind ja nett dort.« Und sie hakt sich bei Simone unter und zieht sie aus dem Zimmer durch das Sekretariat in den Gang.

Viele Stunden später, schon nach drei Uhr morgens, steht Simone Pfeffer unten auf der Straße und tippt in ihr Handy. »Jetzt bin ich da. Hab schlimme Sachen hinter mir. Bist Du noch wach?«

Benders Antwort dauert nur eine halbe Minute. »Ja. Hab ein Zimmer im Hotel Hackescher Markt. Nummer 32. Komm!«

Dienstag, 3. März

1

Gleich beginnt diese Konferenz, ist wirklich wichtig dieses Mal, aber vorher hat Maxi noch ein anderes Thema, es ist ihr ganz außerordentlich wichtig, es geht um sie. Maxi ist 27 Jahre alt, arbeitet seit zwei Jahren im Psychologie-Ressort, soll sich da vor allem um den Buchmarkt, um Neuerscheinungen, um Vorabdrucke, um Kooperationen mit Verlagen kümmern. Maxi ist klein und blond, ein bisschen pummelig, und sie ist lesbisch. Aber irgendwie spielt das nie eine Rolle, sie hat eine eher asexuelle Ausstrahlung, von wirklich persönlichen Dingen spricht sie nie, was schwierig ist in einem Geschäft, in dem Persönliches die entscheidende Währung ist.

»Was gibt es?«, fragt Carla.

»Es geht um meinen Urlaub«, sagt Maxi.

»Aha«, sagt Carla. Es geht bei Maxi immer um ihren Urlaub, um freie Tage, um absurde Überstunden, um irgendwelche Freizeiten. Um es salopp zu formulieren: Wenn das Leben immer aus den Prinzipien GEBEN und NEHMEN besteht, dann hält sich die Magnetnadel von Maxi eindeutig im Bereich NEHMEN auf.

Maxi legt einen Zettel auf den Tisch. »Ich habe das alles mal zusammengeschrieben. Wie viele freie Tage ich noch habe, sind insgesamt sieben. Vier davon würde ich nächste Woche gerne nehmen.«

»Ich verstehe nicht. Du hast doch keinen Resturlaub aus 2014, und deine freien Tage hattest du auch alle genommen.«

»Ja, aber das sind jetzt die Überstunden. Ich habe das alles genau aufgelistet. Das sind meine zusätzlichen Arbeitsstunden, da ist ganz schön was zusammengekommen.«

Carla nimmt den Zettel und fängt an zu lesen. »Lesen. Einlesen ins Thema Gehirnforschung. Das Buch ›Seele und Hirn‹ durcharbeiten.« Solche Sachen stehen da, an sehr vielen Wochenenden des Jahres. Und es steht da, ebenfalls sehr häufig: »Länger abends im Büro geblieben.« Inklusive Stundenzahl.

Carla schließt für einen Moment die Augen. Wie unsagbar ihr diese faule Lesbe auf den Sack geht. Die liest ein Buch und schreibt das als Überstunden auf. Hammer. Aber sie will sich nicht aufregen. Das kommt nicht gut, wenn sich die Chefin aufregt, das wirkt unsouverän, das hat ihr der Coach immer wieder gesagt. Nicht aufregen. Kurz den Ort des Ärgers verlassen, im Geiste, in der Vorstellung, einen schönen Ort aufsuchen, einen Ort der Freude, im Geiste, in der Vorstellung, das hat der Coach geraten. Sie hat so einen Ort, es ist ein Park in der Nähe von Berlin, mit einem Schloss drauf und einem See. Sie geht da im Winter gerne spazieren und im Sommer baden, sie liebt diesen Ort. Lassen Sie das Bild einfach kurz auf sich wirken, hat der Coach gesagt.

Nach den sechs Monaten Probezeit wäre es so einfach gewesen. Tschüss, Maxi, wir passen nicht zusammen, wir wünschen dir viel Glück. Es gab die Bedenken, und im Bauch wusste es Carla: Die taugt nix. Aber nein, am Ende hatte ihr Hirn gesagt: Die entwickelt sich noch, die arbeitet an sich, schüttelt ihre Fehler ab und wird super. Ach, Mensch. Carla denkt: Warum geht die Entwicklung immer in Richtung Scheiße? Und sie denkt auch, weiter hinten im Hirn, schwächer, leiser, sozusagen ein Gedanke zweiter Klasse: Hat das vielleicht auch mit mir zu tun, mit meiner Art Chefin zu sein?

Carla sagt: »Ich kann das nicht entscheiden. Ich muss das mit der Personalabteilung besprechen, ich kläre das und komme auf dich zu.«

»Okay«, sagt Maxi, ohne einen Hauch von Zweifel in ihrer Stimme.

Das Psychologie-Ressort besteht aus Carla, der Ressortleiterin, aus fünf Redakteurinnen, dazu zwei Pauschalistinnen, einem Praktikanten (immer ein Mann) und Paula, der Sekretärin. Doch jetzt im kleinen Konferenzzimmer fehlen drei Redakteurinnen, eine ist in Urlaub, eine ist krank (Magen), und eine ist unterwegs (Recherche in der Karibik). Eine Pauschalistin fehlt, sie fehlt immer, sie sagt nämlich, sie fühlt sich beklemmt, eingeengt in der Redaktion, sie brauche die Freiheit. Dafür sind Sibel und

Franziska da, ihre Freundinnen, Sibel, die Reporterin, und Franziska, die Frau von der Versuchsküche. Sie sind nicht da, weil sie Freundinnen sind, sondern weil sie gut in Konferenzen sind. Gut heißt: Sie haben Ideen und mögen andere Ideen, und, ganz wichtig, sie haben gute Laune.

Und Lars Meier ist da, das freut Carla, Lars ist der Artdirector, und er hat einen besonderen Blick auf die Welt. Er sagt immer, das Wichtigste im Leben ist der Perspektivwechsel. Er geht lange Strecken gerne zu Fuß, und manchmal guckt er dabei nur nach oben, er schaut nur Dächer an, Baumwipfel, Kirchturmspitzen, Baustellenkräne, tut gut, du wirst sehen. Tut gut, du wirst sehen, das sagt er gerne. Was gibt es Tolleres, als einen solchen Menschen in der Konferenz um sich zu haben? Neulich, na ja, es war Herbst, irgendwann im Oktober, da kam er nach einem längeren Weg durch den Tiergarten zurück in die Redaktion und sagte, unglaublich wie viele Vögel singen. Wollen wir nicht online eine Rubrik einführen, diese Vögel singen zurzeit, mit einem kleinen lustigen Filmchen dazu? Seither gibt es diese Online-Rubrik, ziemlich erfolgreich, eine eigene Leser-Community beginnt sich zu formen. Denkt man gar nicht, wie viele Menschen auf Vogelstimmen hören.

Lars Meier ist klein und schmal und wie immer so angezogen, dass man ihn keinesfalls übersehen kann. Das Outfit, erklärt er gerne, ist der Kontrast zu seinem Nachnamen. Heute sieht das Gegenteil von Meier so aus:

zweifarbige Vans, dazu Socken, die gerade so viel hervorschauen, dass man die unterschiedliche Farbe erkennt. Junya-Watanabe-Patchwork-Hose, die so kurz ist, dass man seine schönen Knöchel sehen kann, darüber ein blau-weiß-rot-grün kariertes Baumwollhemd von Thom Browne.

Lars Meier liest nicht, das heißt, er liest keine Zeitschriftenartikel, also nichts, was in Holly steht. Er findet, eine gute Optik hat nichts mit Texten zu tun, Texte verderben jede Optik. Sich in den Dienst der Texte stellen, was Absurderes könne er sich gar nicht vorstellen. Für ihn sind Buchstaben Material, das er gut aussehen lässt. Privat liest er Gedichte und hohe Literatur, Proust, Tolstoi, Ovid im lateinischen Original. Nur Schrift. So kann er Texte genießen.

Ach ja, und er ist schwul, natürlich. Artdirectors sind immer schwul, sagt man wenigstens. Lars ist seit vielen Jahren mit seinem Freund zusammen, René heißt er, ein Architekt. Sie haben eine gemeinsame Wohnung, einen gemeinsamen Hund, und seit einiger Zeit steht die Frage im Raum, ob die beiden Pflegeeltern werden, ob so ein kleines Kind noch fehlt zu ihrem Glück. Lars Meier: Man könnte meinen, ein Mann, schwul, erfolgreich, durch und durch mit sich im Reinen. Oder gibt es da doch was, was nicht so richtig stimmt?

Lars Meier hat Platz genommen im Konferenzzimmer, rückt sich den Stuhl zurecht, nimmt seine Armbanduhr ab, was er immer bei Konferenzen macht, und legt sie vor sich hin auf den Tisch. Die Kamera nimmt ihn jetzt ins Visier, geht runter zu den Füßen, zu den blassroten Turnschuhen, wandert dann langsam nach oben, all die Farben hinauf, Weiß, Gold, Rot, Regenbogen, an der silbernen Mykita-Brille entlang Richtung Ohr, und dann rein in den Kopf, rein ins Gehirn, all die Kanäle entlang, am Sprachzentrum vorbei, am Erinnerungscenter, und dann dorthin, wo die sexuellen Wunschträume stecken. Und da ist noch einer, einer von gestern Nacht. Der geht so: Ein See im Sommer, ein schöner Mensch schwimmt und kommt langsam aus dem Wasser, streckt sich auf seinem Handtuch aus, auf dem Bauch liegend. Lars fängt an, den Körper dieses schönen Menschen mit Sonnenöl einzureiben. Erst die Beine und dann so weiter. Kein besonders überraschender Traum, eher ein Klassiker. Aber irgendwie überraschend ist es dann doch, dass die Badehose, die dann im Lauf des Traumes heruntergezogen ist, ein Bikinihöschen ist und dass vorher noch das Bikinioberteil fällt, dass also dieser schöne Mensch im Kopf von Lars Meier eine Frau ist, kein Mann. Genauer sogar eine Frau, die wir Betrachter des Kosmos von Holly inzwischen gut kennen. Da die Kamera aber durchaus in der Lage ist, taktvoll zu sein, ist sie es an dieser Stelle. Vielleicht wird sie die Identität der nackten Frau am schönen Sommersee irgendwann später verraten.

Aber die Frage ist natürlich trotzdem gestattet: Geht das überhaupt, ein schwuler Mann mit einer Sexfantasie, in der nicht nur eine Frau die Hauptrolle spielt, sondern auch noch eine Kollegin? Wollte die Kamera einfach nur diese Frage stellen? Jedenfalls verlässt die Kamera jetzt wieder den Kopf von Lars Meier.

Die Konferenz beginnt. Auf dem Tisch sind neben der Uhr von Lars Meier und einigen Notizblöcken noch eine Kanne mit frischem Kaffee zu sehen, dazu einige Kaffeetassen mit lustigen Aufdrucken, Delphin, Wildschwein etc., eine Dose mit Süßstoff und ein Teller mit Gurken- und Karottenschnitzen, der weiblichen Variante von Keksen. Carla erklärt kurz, um was es geht: »Wir brauchen zwei Vorschläge für Titelgeschichten, die Christa vom Sitz reißen vor Begeisterung, das ist doch ne einfache Sache.« Carla verzieht ganz leicht die Mundwinkel. »Ach, und eine Sache hat Christa noch gesagt: Trauen Sie sich bloß nicht her mit irgendwelchen Ladenhütern, ich kenne sie alle.« Sibel lacht kurz auf, zwei, drei schicken einen Ansatz eines Lachens hinterher. Christa von Hutten, seit ein paar Tagen die neue Chefredakteurin und viele Jahre zuvor die stellvertretende Chefredakteurin, bevor sie plötzlich gehen musste. Alle hier kennen Christa, und alle wissen: Wenn sie selbst unter Druck steht, ist mit ihr nicht zu spaßen.

Lars Meier ist der Erste, der redet. Neulich habe er einen Gehirnforscher im Radio gehört, der habe ne interessante Sache erzählt: »In den USA …«

Die Tür geht auf, Simone Pfeffer kommt rein, setzt sich

auf einen Stuhl in die zweite Reihe. »Ich will nicht stören, ich höre nur zu. Will nur wissen, wie so Konferenzen bei euch funktionieren. Ich spiel einfach Mäuschen.«

Schade, dass es keine Maßeinheit für Frauenblicke gibt. Alle gucken sie an, nein, nicht gucken, alle (auch Lars, aber der zählt jetzt nicht) checken sie, mustern sie, durchdringen sie. Alles in wenigen Sekunden. Was hat sie an? Schwarze Bottega Veneta-Jeans, im Worker Look, also mindestens drei Jahre alt, damals war das ein Musthave, geht inzwischen gar nicht mehr, dazu eine schwarze Bluse. Darüber, na klar, ein schwarzes Jackett, klassisch, langweilig. Und dazu dann noch weiße Adidas-Sneakers, offensichtlich aus der Männer-Kollektion. Ist sie eigentlich zu dick, ist irgendwas an ihr zu dick? Eigentlich nicht, wenigstens was zu sehen ist. Obwohl, da ist eine kleine Speckfalte gleich über der Jeans. Und dann schaut Carla noch genauer hin. Ist da nicht am Hals eine Stelle mit bisschen viel Puder und brauner Creme? Ach nee, das ist ein Knutschfleck. Sie guckt Sibel an. Ob sie es auch gesehen hat? Aber Sibel reagiert nicht. Ist vielleicht auch ne besondere Begabung von ihr, Knutschflecke zu entdecken.

»Bitte, gerne. Seien Sie willkommen.« Carla macht eine Pause. »Sie sind sozusagen ein Controller-Mäuschen. Bitte Lars, erzähl weiter von deinem Gehirnforscher.«

»Okay«, sagt Lars. »Also, ich habe ein Interview mit einem Gehirnforscher gehört, der von den Möglichkeiten des Umprogrammierens von Erinnerungen erzählt hat.«

Lars fasst es so zusammen: Es gab eine Reihe von Psychologen, die bei der Behandlung von psychisch schwer gestörten Frauen dramatisch neue Wege gegangen sind. Das Hauptproblem dieser Frauen war nämlich, dass sie nicht wussten, warum sie gestört, warum sie so psychotisch oder schizophren sind. Also gaben ihnen die Psychologen einen Grund: In verschiedenen Hypnosesitzungen wurde ihnen eingeimpft, dass sie von ihren Vätern oder anderen Bezugspersonen sexuell missbraucht wurden und dass dies der Grund für ihre heutige Verzweiflung ist. Und tatsächlich: Den Frauen ging es sofort merklich besser, denn sie wussten plötzlich, was mit ihnen los war. Super Therapie also, die nur ein dickes Problem hatte: Die Väter hatten ihre Töchter ja nicht missbraucht in Wirklichkeit – und sie liefen Sturm gegen die Psychologen. Mit dem Ergebnis, dass bis heute einige der Psychologen wegen ihrer falschen Anschuldigungen im Knast sitzen.

»Irre Geschichte. Ich habe auch mal davon gelesen«, sagt Carla.

»Unglaubliche Sache«, ergänzt Sibel, »aber leider nicht ganz neu.«

»Moment, Moment«, sagt Lars, »ich bin noch nicht fertig. Meine Idee kommt jetzt erst. Wenn man solch dramatische Erinnerungen umprogrammieren kann, dann geht das vielleicht auch mit weniger dramatischen Dingen. Zum Beispiel mit der Erinnerung an das erste Mal. Wie viele Menschen leiden ihr ganzes Leben unter dieser Erfahrung, ruinieren sich damit ihre ganze Sexualität?

Was wäre denn, wenn Holly käme und sagen würde: Geh zum Psychologen, und lass dir diese Scheißerinnerung wegmachen, wie eine unangenehme Wucherung an der Haut.«

Es gibt Konferenzen bei Holly, da regieren die Teufelchen, da geht nichts, da blockiert einer den anderen, da wird ein Thema nach dem anderen niedergemacht, und am Ende gehen alle frustriert zurück an ihren frustrierenden Schreibtisch. Und es gibt Konferenzen bei Holly, da regieren die Engelchen, da regiert die Kreativität, da ergänzt einer den anderen – und in dem Augenblick, als Lars vom umprogrammierbaren ersten Mal sprach, war klar: Heute regieren die Engelchen.

»Mann, wäre das toll«, juchzt Sibel, »mein erstes Mal hieß Peter, sag mal Lars, kann man Namen auch umprogrammieren, in irgendeinen coolen Namen?«

Alle lachen.

»Also dieser Peter wollte ein ganz cooler Macker sein, hatte aber von nichts eine Ahnung, wollte diese Schwäche aber auf keinen Fall zeigen. Es war der komplette Horror.«

Es fliegen ein paar Geschichten durch den Raum, es wird viel gelacht, und dann sagt Carla: »Lars, und bei dir?«

»Na, ratet mal, warum ich auf dieses Thema gekommen bin.«

Wieder große Heiterkeit.

»Also, ich sag euch, bei uns Schwulen ist das erste

Mal noch viel belasteter als bei euch Heteros. Da kommt so viel zusammen. Meiner hieß Bruno, zwanzig Jahre älter, brauchte irre lange, bis er seine schwarze Lederhose runter hatte.« Lars überlegt. »Wird mir jetzt zu intim.« Er lächelt, denn er weiß, alle wissen, dass ihm nie etwas zu intim wird. Eine Pause, dann: »Sein Schwanz war irre klein. Das würde ich umprogrammieren in einen richtig tollen, großen Schwanz.«

»Na, Frau Pfeffer«, sagt Carla, »und wie war bei Ihnen der erste Sex?«

Alle schauen sie an, und alle können sehen, wie sie errötet.

»Äh, also ...« Stammel, stammel.

»Ja, ja, Frau Pfeffer«, sagt Carla, »so einfach zuhören geht bei unseren Konferenzen nicht, jeder muss mitmachen.«

Das erste Mal von Simone Pfeffer fand auf dem Rücksitz eines Autos statt, es endete in der Notaufnahme einer Klinik, der Typ hatte ihr das Nasenbein gebrochen. Man hätte es eine Vergewaltigung nennen können, aber sie wollte das nicht. Soll sie das erzählen? Simone Pfeffer, die Controllerin, die Ordnung in den alten Laden Holly bringen soll, kommt gleich mit einer harten Crime-Geschichte. Nee. Aber was dann sagen? Was Lustiges? Bitte ja. Aber woher nehmen?

Am Ende kommt der Satz raus: »Ich habe mein erstes Mal vergessen, wirklich, total vergessen.« Die Runde schmunzelt. Schon okay, die Antwort.

Also, das erste Titel-Thema ist gebongt. »Es wird Zeit zum Handeln: Mach das Beste aus deinem ersten Mal!« Das zweite Thema war auch ziemlich rasch gefunden. Die entscheidende Idee kam von Franziska, der Freundin aus der Versuchsküche. Paare könne man doch grundsätzlich in zwei Gruppen einteilen, Paare, die über ihre Probleme reden können, und Paare, die das nie tun. Und dann fügt sie die Idee hinzu: Ob man nicht junge, deutsche Paare begleitet, welche, die reden, welche, die nicht reden. Und dann fliegen die Engelchen, die den Gedanken weitertreiben, noch besser machen. Am Ende spricht Sibel die Endfassung des Themas aus: Was ist besser für die Liebe? Alles verdrängen oder immer alles durchsprechen? Holly begleitet zwei echte Paare zwei Monate lang, und beide Paare müssen sich auf eine Art Rollentausch einlassen, die ersten vier Wochen wird gar nicht über Schwierigkeiten geredet, aber möglichst intensiv gelebt, und dann umgekehrt, möglichst alles bereden, na, gelebt werden darf trotzdem. Oder schließt sich Reden und Leben aus? Und am Ende wird mit beiden Paaren ausführlich gesprochen: Was meint ihr, was ist besser für die Liebe?

Die Konferenz ist vorbei, es ist gerade 12 Uhr. Sibel und Franziska verabreden sich zum Essen, draußen ums Eck, im neuen schicken Burgerladen. Ohne Carla, sie winkt ab, sie kann nicht, zu viel zu tun. Lars geht zurück in sein Ressort. Er fragt die Kollegen: »Ist Ute jetzt da?« Nee, alle schütteln den Kopf, keiner hat was von ihr gehört. Ute ist seine Sekretärin. Gibt es doch nicht. Wo ist sie?

Carla geht in ihr Büro. Sie ruft bei der Personalabteilung an, bei der Chefin, Frau Wohlfahrt. Sie braucht nachher einen kurzen Termin bei ihr, wegen Maxi. Das geht so nicht weiter. Sie legt den Hörer auf und nimmt aus ihrer Handtasche die kleine rote Tube und steckt sie in ihr Jackett. Sie geht links den Gang hinunter, auf die Toilette. Sie verschließt die Kabine, zieht die Jeans runter und drückt die Tube so lange, bis die Creme auf ihrem Zeigefinger walnussgroß ist. Dann schmiert sie die Creme auf ihre verbrannten Schamlippen, wie sie das alle vier Stunden tut. Ja, es ist besser geworden, jetzt nach zwei Wochen, viel besser, aber es tut immer noch sauweh.

Carla zieht am Toilettenspiegel den Lippenstift nach, pudert ihren Hals ein wenig, an den geröteten Stellen, und muss kurz an den Knutschfleck von Frau Pfeffer denken. Wie der Mann zu diesem Knutschfleck wohl aussieht? Sie ist heute jedenfalls weit von einem Knutschfleck entfernt. Sie trifft heute Abend ihre Mutter, die extra wegen ihr aus Frankfurt anreist. Sie weiß genau, was ihre Mutter sagen wird, als Allererstes, was sie immer sagt: Schatz, wie ist dein Leben, erzähl …

Ja, denkt Carla, und dann wird sie diesmal antworten, Mama, meine Chefredakteurin ist verschwunden, ich bin finanziell total pleite, und ich habe mir in einer Sexklinik die Schamlippen verbrannt, ansonsten ist mein Leben ein großes Fest. Was wohl dann passieren würde?

Ihre Mutter. Und sie. Auch irgendwie ein Paar. Und zwar ganz sicher eines, das noch nie über irgendein privates Problem gesprochen hat. Vielleicht doch ganz gut so.

2

Bei Holly in der Berliner Friedrichstraße arbeiten 86 Leute, 58 davon in der Redaktion, der Rest im Verlag, im Marketing, im Vertrieb, im Anzeigengeschäft, aber auch in der Haustechnik und in der Küche. Dazu gibt es vier Hausmeister und zwei Männer in der Tiefgarage, davon ist einer der etwas pingelige Herr Gutenmorgen. Unter all den Frauen (viele) und Männern (wenige) könnte man Tag für Tag Ranglisten anfertigen. Wer ist am besten angezogen? Wer hat das sexyste Outfit? Wer ist am fröhlichsten, wer am unglücklichsten? Und sicher könnte man auch fragen, über wen wird so von Tag zu Tag am meisten nachgedacht. Klar, da steht wahrscheinlich die Chefin immer ganz oben, weil es eben nun mal so ist: Auf die da oben achtet man am meisten, über die da oben ärgert man sich am liebsten.

Und bei Holly derzeit sowieso, denn es gibt ja eine neue alte Chefin und eine alte Chefin, die immer noch verschwunden ist. Verschwunden, das muss man sich vorstellen, in diesen modernen Zeiten, in denen es angeblich keine Geheimnisse mehr gibt.

Allerdings hätte in der Rangliste – wer denkt an wen –

wohl auch Ute Halma in diesen Tagen eine Chance auf einen Platz ganz oben gehabt, zumindest wenn man glaubt, was die Leute im Nachhinein erzählen. Unfassbar, gerade gestern habe ich lange mit jemandem über sie gesprochen. Mensch, erst gestern musste ich an sie denken. Das sind die Sätze, die man plötzlich so oft hören kann. Als wären Erinnerungen eine ganz eigene Währung. Und Christa von Hutten hatte ja auch ihre neue Sekretärin beauftragt, einen Termin mit Ute Halma zu machen. Eine bestimmte Information wollte sie von ihr haben. Nun, die wird sie wohl nicht mehr bekommen.

Ute Halma, das Redaktionsurgestein, die Sekretärin, die alles wusste, die noch bei dem legendären Gründungschefredakteur von Holly, bei Fritz Busch, angefangen hatte und dann nach und nach bei allen wichtigen Leuten. Sie war schon da, als Elisabeth Salditt noch ein junges Mädchen und nur die Tochter von Klaus Salditt war. Ute Halma war immer da. Sehr beliebt, bis zum heutigen Tag. Jeder sieht ihr alles nach, einfach weil sie die Ute ist.

Unsere Kamera, die ja eine Menge weiß, über alle Gesetzmäßigkeiten des Lebens hinweg, hat sich ein paar Gedanken über Ute Halma gemacht, eine Art Porträt angefertigt, soll man sagen: eine Würdigung? Man sollte sich an die Vorstellung gewöhnen, dass die Kamera dies jederzeit über jeden von uns anfertigen kann.

Die Vorstellung beginnt. Ein Filmkritiker würde schnell registrieren, dass die Kamera auf eher schlichte

Bilder setzt, sie will keine Kunst, sondern Dokumentation. Keine Spielereien diesmal. Ein kleines Dorf in Ungarn ist zu sehen, ländliche Gegend, Tiere sind zu sehen, Kühe, ja, vor allem Kühe. Ein kleines Mädchen ist plötzlich der Mittelpunkt, vielleicht fünf, sechs Jahre alt, einmal steht sie auf einem Feld inmitten von Kühen, einmal spielt sie in einem kleinen Garten mit einer Katze. Blond ist das Mädchen, schmal, schon damals, und immer fröhlich. Das ist sie, die kleine Ute.

Die Eltern von ihr sind nicht zu sehen, aber ein kleiner Junge, so alt wie Ute, auch blond, überhaupt scheint er ihr sehr ähnlich zu sein. Auch ein fröhlicher Junge, aber mit seinem linken Bein stimmt irgendetwas nicht. Er geht auf Krücken, manchmal sitzt er sogar im Rollstuhl. Und immer ist Ute bei ihm. Als würde sie nicht von seiner Seite weichen. Dieses Bild ist der Kamera wichtig: Die beiden Kinder, Seite an Seite, unzertrennlich. Um dies zu unterstützen, wirft die Kamera einen Blick auf die Pässe der beiden. Ute Halma, geboren am 27. März 1958. Und Janosz Halma, auch geboren am 27. März 1958. Sie sind Zwillinge.

Dann eine Stadt in Deutschland. Münster. Jahre sind vergangen. Ute und Janosz sind jetzt 13, 14 Jahre alt. Und Janosz liegt in einem Krankenhaus. Am linken Bein ist ein gewaltiges Eisengestell zu sehen: Drähte, Schrauben, riesige Stahlnägel mitten durch den Knochen, sieht fürchterlich aus. Und Ute sitzt bei ihm am Bett. Dann ein paar schnellere Bilder: Janosz steht auf, zwei Krücken, eine Krücke, humpeln, weniger humpeln, und dann die beiden Geschwister auf dem Fahrrad, und dann die beiden beim Baden, Ute im schicken Bikini, ein hübsches Mädchen, 17, 18 Jahre alt, und Janosz sieht auch nicht schlecht aus in seinen Badeshorts, wen kümmern die paar Narben am Bein?

Dann wird eine Jahreszahl eingeblendet, 22. Mai 1978, und eine Uhrzeit: 10:17 Uhr. Ute liegt im Bett, weißes T-Shirt, daneben liegt ein junger Mann, nein, natürlich nicht Janosz, sie sind guter Laune, besserer Laune geht gar nicht, er küsst sie, er zieht ihr das T-Shirt aus, sie haben Sex. Alles ist gut, die pure Lebensfreude.

Dann das Gegenbild. Ein Motorrad. Und die Straße, die nasse Straße, es hatte angefangen zu regnen. Eine Linkskurve. Uhrzeit: 10:17 Uhr. Das Motorrad rutscht. Und Ute steht am Grab ihres Bruders. Alles an ihr ist schwarz, die Kamera verlässt für einen Augenblick den dokumentarischen Weg, fährt durch die Poren der Haut in ihren Körper, bis sie an ihrem Herzen ist. Und legt einen Farbfilter drüber, das Herz wird schwarz, rabenschwarz.

Von nun an verschwindet in der Erzählung über Ute Halma das Wort »dann«. Als wäre ihr Leben von da an nicht mehr von der Zeit bestimmt, sondern von einem Sound, von Schwingungen, Tönen, Akkorden, von Melodien. So sieht es jedenfalls die Kamera, denn nach dem Bild auf der Beerdigung setzt eine Musik ein, nein, gar nicht düster, eher leicht, Klarinetten, ein hüpfendes Klavier, als wäre Ute Halma eine Billardkugel, die nicht mehr aufhören kann mit dem Rollen und keine Ruhe, keinen Halt mehr findet.

Die hübsche blonde, sehr schmale Ute Halma: Ein paar Szenen mit Männern tauchen auf, aber die Gesichter der Männer kann man sich nicht merken, alle verschwinden zu schnell wieder. Berlin erscheint, auch Hamburg, einige kurze Momente in Hörsälen von Universitäten, einige Jobs, als Kellnerin vor allem. Und die Kugel rollt und rollt, und irgendwann hinein in ein Vorstellungsgespräch direkt am Hamburger Hafen, ja, damals noch in Hamburg, im Vorzimmer des Chefredakteurs von Holly, Fritz Busch. Es ging eigentlich nur um eine Urlaubsvertretung als Sekretärin, daraus wurden 26 Jahre Holly, ein ganzes Berufsleben.

Menschen, die einen Zwilling haben, wird gerne die besondere Eigenschaft zugeschrieben, anders als andere auf die Welt zu schauen, auf das eher unsichtbare Geflecht zwischen den Menschen, auf Begebenheiten, die Menschen voreinander verstecken, auf das scheinbar Verborgene, das oftmals viel prägender wirkt als das allzu Sichtbare. Menschen, die einen Zwilling verloren haben, wird nachgesagt, sie verlieren für alle Zeiten die Fähigkeit, sich zu trennen, sich zu verabschieden, weil sie wissen, oder besser, weil sie fühlen, fühlen mussten, dass sich Menschen etwas vormachen, die glauben, man kann sich so einfach verabschieden, als würden die unsichtbaren Geflechte nicht bis in alle Ewigkeit hinein nachwirken.

Vielleicht hat das alles mit den Abenden von Ute Halma zu tun, vor allem die Stunde vor dem Einschlafen, die unsere Kamera jetzt präsentiert. Ute sitzt in der Küche am Küchentisch und schreibt Tagebuch. Abend für Abend. Sie schreibt auf, was ihr passiert ist, und weil ihre Billardkugel so schnell und ruhelos durch das Leben läuft, sieht sie ziemlich viel. Es geht um Liebesgeschichten im großen Holly-Reich, klar, vor allem um Affären, wer mit wem und was es für Folgen hat. Denn auch so was hat immer Folgen. Es gibt sicher einige Leute, die wären froh, wenn sie nur Klatsch und Tratsch niedergeschrieben hätte, aber so ist es nicht. Vielleicht kann man es so formulieren: Sie notierte gerne Dinge, die irgendjemandem richtig unangenehm sind. Sie selbst steht dabei auch gelegentlich im Mittelpunkt, aber eigentlich eher selten, sie ist eher Betrachterin als Mitspielerin.

26 Jahre Holly, eine lange Strecke im Mediengeschäft. Sie umfasst noch die Jahre, in denen das Geschäft richtig gebrummt hat, wo die Erlöse sprudelten, im Einzelverkauf und vor allem im Anzeigengeschäft. Sie umfasst die Jahre, wo die Gewinne nicht mehr ganz so gewaltig ausfielen, aber immer noch mehr als genug. Und dann die Jahre bis heute, in denen das Geschäft jedes Jahr wieder noch etwas weniger wurde, in denen immer heftiger gespart werden musste oder gespart werden sollte. Die Überschrift der schwierigen Zeit könnte lauten: Digitale Revolution. Immer mehr Menschen schauen in den Com-

puter und nicht mehr auf das Papier. Das Geschäftsmodell Journalismus wankt.

Schon im ersten Jahr des Erscheinens, im Jahr 1965, erreichte Holly einen Umsatz von 58 Millionen Mark, drei Jahre später waren es 100 Millionen, im besten Jahr von Hollys Geschichte, 2004, belief sich die Umsatzbilanz auf 190 Millionen Euro, und das Beste daran, vor allem für Frau Salditt: Der Gewinn lag bei 60 Millionen Euro. So war es einmal. 2013 lag das Geschäft von Holly bei 80 Millionen Euro, der Gewinn bei 15 Millionen Euro. Und das Bedrohlichste war die Richtung der Geschäftskurven, sie kannten nur noch eine Richtung: Nach unten.

Früher waren die Rollen klar verteilt: Holly war die Königin, und die Anzeigenkunden, die großen Modekonzerne, die Kosmetikgiganten, die pharmazeutische Industrie genauso wie die Autoindustrie, sie alle baten eingelassen zu werden in den Palast von Holly, um ihre Inserate auf die schicken Holly-Wände kleben zu dürfen. Mit den Jahren verschoben sich die Machtverhältnisse: Heutzutage fragen die Anzeigenkunden, was Holly denn bietet, außer den Klebewänden, für ein teures Inserat. Vielleicht ein PR-Text im Blatt, der so gar nichts mit Journalismus zu tun hat? Vielleicht ein Textumfeld, ja, so heißt das inzwischen, das die eigene Anzeige besonders gut wirken lässt? Und kann die Chefredakteurin bei der Jahreshauptversammlung der Firma ein nettes, lustiges Referat halten? Und überhaupt: Muss man für die Anzeige wirklich den vollen Preis zahlen? Wie sieht es mit

Nachlässen aus? Und, das Gedankenspiel sei erlaubt: Müssen Anzeigen eigentlich noch was kosten, wo doch Anzeigen das Blatt mehr schmücken als umgekehrt?

In einer solchen Gemengelage kommt es immer häufiger zu höchst problematischen Absprachen, die irgendwann auch bei der Sekretärin landen, gerne mit Zusätzen wie: Bitte die folgende Mail sofort löschen, bitte diesen Brief nicht ablegen, bitte dies wegsperren und dies vernichten. Manchmal auch ohne Bitte. Die Spuren sollen übrigens aus einem sehr nachvollziehbaren Grund beseitigt werden: Das Gesetz regelt die strikte Trennung zwischen Anzeigengeschäft und redaktionellen Inhalten. Wer dagegen verstößt, macht sich strafbar.

Ute Halma hat all die Spuren nicht beseitigt, im Gegenteil, sie hat die Mails, die Briefe, die leicht oder weniger leicht korrigierten Bilanzen, all die Sauereien aufgehoben, sie in ihren Tagebüchern verewigt, manchmal hat sie besonders dreiste Beispiele dort sogar eingeklebt. Wie Mädchen es in ihrem Poesiealbum machen.

Warum sie das tut? Will sie eines Tages jemanden erpressen? Will sie mächtig sein? Will sie mehr sein als nur die nette Ute Halma, die Sekretärin für alle Fälle, die jeder und jedem erst einmal eine Tasse Kaffee oder grünen Tee oder ein Glas Lindenblütensaft serviert? Will sie ihrer Identität eine weitere, vielleicht etwas dunklere Farbe hinzufügen? Schwer zu sagen. Man sagt Menschen, die schwere Schicksalsschläge erleiden mussten, nach, sie hängen besonders an Alltäglichkeiten, weil sie wissen, wie leicht sie verwehen. Alltäglichkeiten? Ist das eine Erklärung?

Ute Halma liebte es jedenfalls Verfehlungen zu notieren, Misslichkeiten beinahe jeder Art. Wenn sich eine Chefin eine kleine Reise mit ihrem Liebhaber gönnt, nach Madagaskar zum Beispiel, und sich diese Reise vom Reiseveranstalter bezahlen lässt. Wenn sich eine Chefin das neue Kostüm von Prada kommen lässt und nicht mehr zurückschickt. Oder die Tasche von Louis Vuitton. Oder die Brille von Cartier. Nichts wird vergessen, für alles findet sie Worte in ihrem Büchlein.

Gefährlicher Stoff, könnte man sagen.

Die Kamera beendet die Erzählung über Ute Halma mit einem Trick. Wieder geht es um Kugeln, diesmal anders. Man sieht eine Ziehung der Lottozahlen, die kreiselnden, herumhüpfenden Kugeln in dem durchsichtigen Kasten. Auf den Kugeln stehen keine Zahlen, sondern es sind Gesichter abgebildet, Holly-Gesichter. Eine Kugel nach der anderen ploppt heraus, alles Gesichter, für die Ute gearbeitet hatte. Manche Gesichter sind längst vergessen, manche nicht. Christa von Hutten, Annika Stassen. Elisabeth Salditt. Und dann die letzte Kugel, Lars Meier, der Artdirector, ihr aktueller Chef.

Das Gesicht verwischt, die Erzählung endet, und die Kamera ist wieder in der Wirklichkeit. Und wieder ist Lars Meier zu sehen, es ist der 3. März, 17:12 Uhr, es ist immer noch der Tag, an dem Ute Halma nicht im Büro erschienen ist und auf keinen Anruf, keine Mail reagiert hat. Lars Meier nimmt seinen Autoschlüssel und sagt: »Ich fahre jetzt in ihre Wohnung. Da stimmt was nicht.«

3

Lars Meier steigt in den Aufzug und drückt auf den Knopf Tiefgarage. Er ist ganz froh, dass niemand im Lift ist, aber diese Freude währt nur kurz, denn einen Stock tiefer hält der Lift, und diese Controllerin steigt ein, diese Frau Pfeffer. Fünf Stockwerke fahren sie gemeinsam. Frau Pfeffer sagt nichts, er sagt auch nichts. Sie halten beide das Schweigen aus, und es ist in Ordnung. Besser als irgendeine blöde Floskel.

Bevor er in seinen Wagen steigt, in seinen schwarzen BMW X3, stürmt der eifrige Herr Gutenmorgen heran, der Autowart, und erinnert ihn zum wievielten Male daran, dass er jetzt doch noch die Winterreifen aufmontieren müsse. Bisher sei nicht viel mit Schnee gewesen, diesen Winter, aber jetzt soll es losgehen. »Der Wetterbericht kündigt massive Schneefälle an, bitte Herr Meier, lassen Sie doch morgen Ihren Wagen einfach da.«

Er sagt: »Ja, ja …«, und steigt in seinen BMW. Und tippt in seine Navigation ein: Niebuhr Straße 12. Er kennt eigentlich den Weg, er war zweimal bei Ute Halma zu Hause, eine dieser Straßen im Berliner Westen zwischen Kurfürstendamm und Kantstraße. Es ist jetzt 17:22 Uhr, das Navi prophezeit die Ankunft in der Niebuhr Straße um 17:46 Uhr. Meistens dauert es aber länger, das Navi hat zu wenig Ahnung vom Berliner Verkehr.

Lars Meier geht verschiedene Radiosender durch. Deutschlandfunk: Ein Hintergrund über die Berliner Politik seit dem Rücktritt des Regierenden Bürgermeisters Klaus Wowereit. Nee, weiter. Radio Eins: Ein Gespräch mit einem Biologen, warum Ameisen ganz toll sind. Auch nee, weiter. Einige laute Musiksender, weiter, weiter. Klassikradio. Ist das Mozart? Okay. Das soll es jetzt sein.

Die Kamera beobachtet Lars Meier, die gesamte Szene bis zur Wohnung von Ute Halma, und auch, was dort passiert. Die Kamera hält diesmal Distanz, sie geht nicht an Meier ran, nicht in seinen Kopf, wir erfahren nicht, was er denkt, fühlt, ob er nervös ist. Die Kamera will die Szene festhalten, einfach so, keine Interpretation.

Meier steht am Großen Stern in einem kleineren Stau. Draußen ist es stockdunkel, trister März. Eigentlich ist also draußen nichts zu sehen, außer Autoscheinwerfer und Dunkelheit, aber anscheinend sieht Meier doch was, vielleicht fällt ihm auch nur eine alte Beobachtung gerade wieder ein. Er nimmt sein Handy und ruft seine Stellvertreterin an, Hannelore Eisvogel.

»Und?«, fragt sie.

»Weiß noch nix, bin noch auf dem Weg. Will nur schnell eine Beobachtung loswerden. Bis vor einiger Zeit waren alle Autos silberfarben, schwarz oder weiß. Jetzt sehe ich nur noch Autos, die sind gelb, rot, blau, alle irgendwie grell. Hannelore, das bedeutet was, das bedeutet was für uns. Wenn alles draußen bunt wird, wenn sich was verändert, müssen wir unser Layout auch verändern. Lass uns darüber nachdenken.«

»Okay«, sagt sie. Sie ist es gewohnt in Gesprächen mit ihm die Funktion ähnlich eines Anrufbeantworters zu übernehmen.

Ende des Gesprächs. Ob Lars Meier auch kurz darüber nachdenkt, wenn die Welt farbiger wird, er selbst bald einen Kontrast setzen muss, weg von der eigenen Farborgie in Sachen Kleidung hin zu Schwarz, Weiß oder vielleicht sogar Silber?

Um 17:57 Uhr ist Lars Meier angekommen, »Sie haben Ihr Ziel erreicht.« Direkt davor findet er einen Parkplatz. Draußen hat es angefangen zu regnen. Ein Hochhaus, modern, weiß, großes Klingelschild, 18 Namen. Er muss bei jedem Klingelboard das Zählen anfangen, auch so ein Tick von ihm. Er klingelt bei Halma. Keine Reaktion. Er klingelt wieder, dreimal, viermal, Sturm. Keine Reaktion. Eine Frau mit einem Kinderwagen schließt die Tür auf, er fragt sie, ob es in dem Haus einen Hausmeister oder so etwas gebe. »Ja«, sagt sie, »kommen Sie mit, unten am Aufzug hängt seine Telefonnummer.«

Dann geht alles überraschend schnell. Der Hausmeister heißt Chucholowski, er ist zufällig gerade zwei Häuser weiter, dort gab es einen Wasserrohrbruch. Viel Wasser, alles kaputt, oh, oh, oh. So schildert Herr Chucholowski die Lage. Er ist Pole, versucht es mit dem Deutsch seit dreißig Jahren. Deutschland, schönes Land, schönes

Land. Ob er Frau Halma kennt? Ja, ja, sagt er, nette Frau, nette Frau.

Herr Chucholowski schließt die Wohnungstür auf. Erster Blick, und Lars Meier ist richtig gut in ersten Blicken: Wohnung alles wie immer, sehr aufgeräumt, Wohnzimmertisch wie poliert. Der Wandkalender, ein Tag-für-Tag-Kalender, steckt noch im Gestern fest. Man könnte meinen, eine Wohnung ohne Mieterin, die vielleicht im Urlaub ist oder irgendwie anders weg. Doch das könnte man nur kurz meinen, denn es ist da etwas, was jede Hoffnung zunichtemacht. Ein Radio läuft, laut und deutlich aus dem Schlafzimmer zu hören, ein Radiowecker, der nicht abgestellt wurde. Ein lautes Gewinnspiel läuft gerade.

Ute Halma ist seit knapp zwei Jahren seine Sekretärin. Als damals Christa von Hutten Knall auf Fall verschwand, wusste keiner so recht, was mit Ute werden sollte. Lars Meier suchte für seine Sekretärin eine Schwangerschaftsvertretung. So fing es an, und Ute blieb einfach. Sie verstanden sich von Anfang an prächtig. Ute umsorgte ihren neuen Chef, wie sie es immer gemacht hat, bei all den anderen. Sie erledigte alles geräuschlos, und ihre besondere Begabung war es, den Eindruck zu vermitteln, die Beziehung Chef und Sekretärin sei eine verschworene Gemeinschaft, besonders jede Art von Geheimnis sei da drin sehr gut aufgehoben.

Als der dicke Herr Chucholowski die Tür zum Schlafzimmer öffnet, beginnt er kurze Zeit später zu rufen, immer lauter zu rufen. »Mein Gott, mein Gott, Katastrophe, große Katastrophe. Schon wieder Katastrophe«, ruft er, »mein Gott. Erst kaputtes Wasser, jetzt kaputte Frau.« Er läuft aus der Wohnung und ruft: »Ich Arzt, ich Arzt rufen.«

Ute Halma liegt sehr friedlich in ihrem Bett, niemand könnte es anders ausdrücken. Ihre Augen sind geschlossen, ihr Kopf zur Seite gedreht, die Decke hochgezogen, bis fast unter den Hals, vom grünen Nachthemd ist nicht viel zu sehen. Am Nachttisch liegt ihre Brille und ein Buch, Per Petterson, »Nicht mit mir«, nach der Einmerkung zu schließen, hatte sie es fast ausgelesen. Lars Meier steht neben dem Bett, sehr ruhig, es ist keine Regung festzustellen. Im Radio ist jetzt was von den Beatles zu hören, »All my Loving«.

Der Notarzt braucht für seine Untersuchung nur ein paar Minuten. »Natürlicher Tod, kein Zweifel«, sagt er. »Herz. Mitten im Schlaf hat das Herz aufgehört zu schlagen.« Er muss gleich weiter und fragt Meier, ob er noch warten könne, bis die Polizei komme. »Polizei?«, fragt Meier. »Ja«, sagt der Arzt, »muss sein, Routine, wird aber nicht lange dauern.« »Okay«, sagt Meier. Herr Chucholowski ruft draußen auf dem Gang: »Große Katastrophe, große Katastrophe!«

Plötzlich ist der Arzt weg und der Herr Chucholowski auch. Lars Meier ist alleine in der Wohnung mit der Toten. Er geht in die Küche, öffnet Schubladen, Schränke, dann zieht er aus einer Ecke eine große blaue Tüte hervor, eine IKEA-Tüte. Er geht wieder zurück ins Schlafzimmer, tritt ans Bücherregal und räumt das unterste Regal vollständig aus, bestimmt dreißig, vierzig ganz verschiedene Notizbücher, manche mit geblümtem Einband, manche ledergebunden, schwarze Kladden, auf denen »Tagebuch« aufgedruckt ist, und er packt alle in die IKEA-Tüte. Dann verlässt er mit der Tüte in der Hand die Wohnung, lässt die Wohnungstür offen, geht die zwei Stock runter und verstaut die Tüte draußen in seinem Wagen, im Kofferraum. Dann geht er wieder zurück in die Wohnung. Als ein paar Minuten später die Polizei kommt, gibt er dem Beamten den Totenschein des Arztes und dessen Telefonnummer, »falls es Fragen gibt.« Der Polizist fragt, ob es irgendwelche Angehörigen von Frau Halma gebe, die zu benachrichtigen seien. Meier schüttelt den Kopf, »soweit ich weiß, gibt es niemanden. Außer vielleicht entfernten Verwandten in Ungarn.« Meier sagt noch, der Verlag werde sich um die Beerdigung und um die Formalitäten kümmern.

Um 19:04 Uhr, nur eine Stunde hat das alles gedauert, fährt Lars Meier wieder zurück. Vom Auto aus führt er zwei Telefonate, überbringt die Katastrophennachricht Hannelore Eisvogel und Christa von Hutten. Er erwischt beide direkt, gut, so was spricht man nicht auf die Mailbox. Er sagt zweimal, es war ein friedlicher Tod, sie hat nicht gelitten.

Von den Tagebüchern sagt er nichts. Warum auch?

Donnerstag, 5. März

1

Es ist eine Kleinigkeit, die in Simone Pfeffers Kopf einen Schalter umlegt. Eine kleine Meldung in der Zeitung, in der Leute-Spalte: Die weltberühmte Modedesignerin Ina Edelsinn, die sich schon vor 14 Jahren mit einem spektakulären Schritt völlig aus dem Geschäft zurückgezogen hat und seither in Paris »ein Leben führt, um das sich mehr Gerüchte ranken, als Bouquinisten am Seine-Ufer stehen«, so steht es in der Meldung, diese Ida Edelsinn wurde in der Rue d'Université von einem Fahrradfahrer angefahren. Sie wurde dabei nur leicht am Knöchel verletzt. Aber die kleine Begebenheit wurde dadurch charmant, dass Ina Edelsinn, früher schon für ihre Schlagfertigkeit bekannt, offenbar sowohl den schuldigen Studenten als auch alle umstehenden Passanten sowie die eintreffenden Polizisten und Sanitäter mit köstlichen Sprüchen unterhalten hat. Und zwar darüber, wie schwierig es sei, als untergetauchte Prominente im Pariser Straßenverkehr zu überleben. Der letzte Satz der Meldung lautet: »Die Designer-Legende Ina Edelsinn hat seit 14 Jahren kein Interview mehr gegeben.«

Dieser Satz lässt Simone sofort an den Chefredakteur des Jugendmagazins denken, wo sie ihre erste Kolumne geschrieben hat, »Die Welt passt in meinen Schuhschrank«. Er war ein unkonventionell denkender, aber sagenhaft spießig aussehender Typ, der oft gesagt hat: »Journalisten müssen träumen und nach den Sternen greifen. Wenn sie das nicht tun, ist der Beruf langweilig.« Er redete wie ein Dozent, dabei war er selber erst 26 Jahre alt. Trotzdem: Seine Meinung führte zu den sogenannten »Traumkonferenzen«, wo jeder die Geschichte vorschlagen konnte, die er immer schon mal schreiben wollte – egal wie unmöglich sie zu realisieren war. Ein Kollege hat zum Beispiel vorgeschlagen, anlässlich der Diskussion um die Ost-Erweiterung der EU, damals sehr wichtig, eine Reportage in einem Ferrari zu machen. Sein Plan: Mit einem roten Ferrari, »dem am meisten provozierenden Symbol europäischer Kultur«, nach Osten zu fahren, immer weiter, so weit man eben kam, Fotograf an Bord, Titel der Geschichte: »Ost-Erweiterung«. Seine Anfrage bei Ferrari, ob sie ein Auto dafür zur Verfügung stellen würden, blieb ohne Erfolg. Aus den meisten Traumgeschichten wurde nichts, aber die Stimmung in der ganzen Redaktion wurde von diesen Konferenzen befeuert und hatte Einfluss auf alle Themen, Fotostrecken, Interviews.

Das wäre ein Traum: Das erste Gespräch seit 14 Jahren mit Ina Edelsinn – weltexklusiv in Holly. Etwas, das alle Blätter der Welt wollen – und Simone Pfeffer hat. Sie hat die Meldung in ihrem Büro gelesen, und jetzt kann sie fast spüren, wie sich der Schalter in ihrem Kopf umlegt. Weg von der Scheiß-Workflow-Analyse, in der tausend Minen vergraben sind. Weg von der moralischen Frage: Frank oder Georg? Auf nach Paris! Es muss doch möglich sein, ein Interview mit Ina Edelsinn zu bekommen. Man muss eben neue Wege gehen, alles versuchen …

Sie bestellt sofort sämtliches Informationsmaterial über Ina Edelsinn bei der Dokumentation von Holly und der Pressedatenbank. Außerdem erkundigt sie sich, auf welchem Weg, mit welchem Ansinnen und wie oft in letzter Zeit von der Holly-Redaktion aus versucht wurde, ein Edelsinn-Interview zu bekommen. (Wie sich herausstellt, hat es in den letzten zehn Jahren zwölf Anfragen gegeben. Vier aus der Mode, sechs aus der Kultur, zwei aus der Chefredaktion. Georg Bender hat es auch einmal versucht.) Ein versperrter Weg also, der offizielle.

Simone funkt sofort die Spyders an, ihre Spyders, das radikalste und unverschämteste Frauen-Netzwerk der Welt, gegründet von fünf Freundinnen, Simone war eine davon. Wer weiß was über Ina Edelsinn? Wer kann einen Kontakt herstellen?

Simone Pfeffer hat gute Laune, zum ersten Mal wieder seit dem Psycho-Test-Gau. Sie hüpft über den Gang in Georg Benders Zimmer. »Wollen wir heute Abend was trinken gehen?«

Bender sieht sie mit seinen dunklen, ernsten Augen an. Sie weiß, dass er gleich sagen wird: »Gestern hast du mir erklärt, du willst mich nicht mehr sehen.« Aber Georg Bender sagt genau das nicht. Entweder weil er klug ist oder weil er noch an einem Bissen Schokoriegel kaut und den Mund voll hat.

»Es gibt was zu feiern«, sagt Simone.

»Was denn?«

»Das erste Interview mit Ina Edelsinn«, sagt Simone.

»Echt? Hast du einen Termin?«

»Noch nicht«, sagt Simone. »Aber ich kriege einen. Und genau das feiern wir.«

Samstag, 7. März

1

Ein Morgen. Na, was heißt Morgen? 14 Uhr. Draußen regnet es. Frühstück im Café Hackstall in der Auguststraße. Ein eher unscheinbares Café, schwarze Tische, schwarze Stühle, ein Licht, man könnte es als neblig bezeichnen. Viel los heute, die Auguststraße ist am Samstag ein beliebter Treffpunkt, die ganze Straße ist voller Galerien, bisschen Kunst, dann bisschen rasten. Das Beste im Hackstall sind die kleinen Nischen im Fenster, gar nicht so leicht zu bekommen. Carla und Sibel sitzen trotzdem da, Carla hat bei Sasha eine reservieren können, obwohl man eigentlich gar nicht reservieren kann. Sasha ist der Kellner, netter Typ, studiert eigentlich was, sieht auch ganz gut aus, Carla hat ihm auf einer Party im Damenklo mal einen geblasen, so was verbindet.

Als gäbe es für die Zusammensetzung der Gäste dieses Cafés eine überraschend eintönige Regieanweisung: Bitte alle ungefähr dreißig Jahre alt sein und bitte alle gleich gekleidet sein. Grund-Kleidungsstück ist ein Vintage-T-Shirt, verwaschen und im Design leicht verrückt, drüber eine Lederjacke oder ein Parka. Die Männer alle bärtig.

Es ist merkwürdig, Carla und Sibel halten sich bestimmt für sehr, sehr eigen, für unverwechselbar und mit gar niemandem zu vergleichen: Optisch stimmt das null. Sie passen nahtlos zu all den anderen. Carla: Jeans, T-Shirt und Hoodie von Aspesi. Sibel: Jeans, T-Shirt und verwaschener Shetlandpulli von The Row. Nur ein dezenter Kajal-Strich unter den Augen, ja, auch beide. Aber lassen wir das, haben wir nicht alle gelernt, man soll nicht zu viel auf die äußere Erscheinung geben?

Erster seelischer Eindruck: Nicht besonders. Carla wirkt ein wenig umwölkt, von Wolken der schwarzen Art. Braucht auffallend lange, bis sie das erste Mal lacht, und selbst das wirkt unecht, aufgesetzt, als gehöre es ganz sicher nicht zu ihr. Bei Sibel ist es das Zittern, das dominiert. Den Kaffee mit einer Hand trinken? Geht nicht. Die Tasse braucht dringend beide Hände.

Carla ist heute Morgen aufgewacht, kurz vor 11 Uhr, konnte nicht mehr weiterschlafen, obwohl sie keine Spuren von irgendwas im Körper hatte, kein Alkohol, keine Drogen. Sie war gestern Abend zu Hause geblieben, alleine in ihrer Wohnung, erster Stock, zwei Zimmer, kleine Küche, kleines Bad, eine echte Single-Wohnung am Paul-Lincke-Ufer. Von ihrem Fenster im Schlafzimmer sieht sie einen Baum, eine Eiche, glaubt sie. Wenn sie nachts schlecht schläft, so wie gestern, und das Licht anmacht, sieht sie sich im Fenster spiegeln, wenn sie sich im Bett aufrichtet. Keine Eiche ist dann mehr im Fenster zu sehen, sondern sie.

Der erste Gedanke heute Morgen war dieselbe Frage, die sie schon die ganze Nacht geplagt hat: Soll ich es machen? Und wenn nicht, was dann? Hintergrund: Carla ist pleite. Und zwar so richtig. Gestern kamen mehrere Meldungen von ihrer Bank, der Dauerauftrag zur Bezahlung der Miete wird »mangels Deckung« des Kontos nicht ausgeführt. Außerdem werde sie aufgefordert, innerhalb von drei Tagen das Konto auszugleichen, bis zum Rahmen ihres Dispokredits. Und nochmal außerdem werde ihre Kreditkarte gesperrt, bis auf weiteres. Die Lage ist ernst. 16.000 Euro Miese auf der Bank, Dispo 8.000. Dazu mehrere unbezahlte Rechnungen, dazu kleinere Schulden bei zwei Freunden und 10.000 Euro bei der Mutter.

Carla verdient als Ressortleiterin von Holly 5.800 Euro im Monat brutto, übrig bleiben davon bei dieser Dreckssteuerklasse 2.946 Euro netto. Miete 640 Euro, Bankkredit 700 Euro, andere Fixkosten wie Monatsticket für die Bahn und Fitnessstudio und ne Krankenzusatzversicherung für die Zähne insgesamt rund 300 Euro. Bleiben gut 1.000 Euro übrig fürs Leben. 30 Euro am Tag. Soll das ein Witz sein? Essen, Klamotten, Ausgehen. Und sie hat einen Tick, einen echt teuren Tick. Sie lässt sich nicht einladen, für gar nichts. Da hat sie ihren Stolz.

Wie hat ihr Bankbeamter neulich zu ihr gesagt? »Frau Rosenberg, Sie müssen Ihr Leben ändern, sonst geht das schief.« Das ist ziemlich genau der Gedanke, der sie in der Nacht und gleich wieder am Morgen beschäftigt hat. Die stolze Carla. Und jetzt? Soll sie DAS wirklich tun?

Oder doch noch einen dritten Buchvertrag? Zwei Verträge hat sie schon, jeweils 7.000 Euro Vorschuss kassiert, aber noch nicht geschrieben. Das eine Buch muss sie bis Ende des Jahres abgeben, da geht's um die Frage, mit welchen Männern Frau auf keinen Fall ins Bett gehen soll und mit welchen unbedingt. Idee ist geklaut von der Amerikanerin Lena Dunham, das ist die, die diese amerikanische Serie »Girls« erfunden hat, egal, diese Frage ist immer interessant, ob geklaut oder nicht. Und jetzt noch ein drittes Buch? No Way.

O Gott, wohin soll das nur alles führen?

Das ist in etwa die Gemütslage von Carla, jetzt in dieser Nische am Fenster, Rührei mit bisschen Lachs vor sich und einen großen Latte Macchiato. Und Sibel?

Sibel ist heute um paar Minuten nach 12 Uhr aufgewacht, und sie hatte noch eine Menge Zeug drin von der Party gestern, Wodka Gimlet, es waren mindestens drei, vier oder fünf, und dann noch die zwei kleinen Pillen, Ecstasy, grün waren sie. Sie wusste genau, dass es nicht funktioniert, es funktioniert nie, wenn sie Angst hat, wenn die Panik kommt, aber sie wollte diese Kotzangst loshaben, und zwar sofort. Der Gedanke im Bett: Was mache ich nur? Zweiter Gedanke: Die Angst ist da, im Bauch, in der Brust, zwischen den Beinen, überall, aber noch nicht richtig schlimm, sie kann aufstehen, sie muss sich nicht verkriechen, leben geht noch.

Alles hatte sie mit Frau Kaspar besprochen, ihrer Therapeutin. Wenn die Angst kommt, nicht weglaufen, sondern sich irgendwo hinsetzen und die Angst zulassen: Komm her, was willst du, was willst du mir sagen? Sich auf das Unterbewusstsein konzentrieren, das Innere suchen, die Meditation. Akzeptieren, dass die Angst zu dir gehört. Wenn du sie vertreibst, wird sie zornig, und es ist nicht so gut, wenn sie wütend zurückkehrt.

Und was macht sie? Wodka Gimlet ohne Ende und Ecstasy-Pillen. Sibel versucht kurz einen stillen Scherz, mit sich selbst: Wie fühlt sich das bei dir an, Angst, so ein richtiger dicker Angst-Kater?

Küchentisch. Sibel sitzt vor ihrem Psycho-Büchlein. Drei Fragen, wie jeden Tag.

Wer bin ich heute?

Wo steckt mein Leben gerade?

Was will ich heute?

Sibel schreibt: Ich bin eine Frau, die Angst hat. Vor was eigentlich? Vor dem Leben. Oder?

Sibel schreibt: Ich will eine Reporterin sein, eine tolle Reporterin. Ich will Texte schreiben, wie sie sonst keiner schreibt. Und jetzt muss ich das beweisen, den Text über Marlies. Kann ich schreiben mit Angst? Angst, können wir das zusammen?

Sibel schreibt: Ich treffe heute Carla. Genet. Ich freue mich. Carla muss mich retten.

Marlies. Die sensationelle Schauspielerin, Theater, Film, der neue Star. Und ziemlich lesbisch. Und gestern auf der Party. Sie hatte gefragt, komm doch mit, dann siehst du mal, wie ich privat bin, wie ich feiern kann. Ist doch gut für dein Porträt. Es war so eindeutig: Marlies wollte Sex mit ihr, wollte mit der Reporterin schlafen, die über sie schreibt. Marlies spielt und spielt, warum nicht auch mal so? Aber es kam nicht dazu. Noch nicht. Nie. Keine Ahnung. Gestern war die Angst schuld, Sex mit Angst geht nicht, bei ihr nicht. Sex braucht Ruhe, Konzentration. Oder ist das auch Quatsch?

Das ist in etwa die Gefühlslage von Sibel, jetzt in dieser Nische am Fenster, ein Müsli mit frischen Früchten vor sich und einen grünen Tee.

»Genet. Samstag 14 Uhr?«, hatte Carla Sibel gesimst. Und es war klar, es war keine Frage, es war eine Bitte, eigentlich mehr: eine Aufforderung. Die beiden lieben die Kurzsprache. Ein Wort, höchstens zwei. Und alles ist klar. Genet heißt Krise und dringender Redebedarf. Genet heißt auch: Es geht um Abgründe. Okay, bei Carla geht es eigentlich immer um Dinge, die stürzen. Jean Genet war ein französischer Schriftsteller, der wegen Mordes im Gefängnis saß. Er hat nie über was anderes geschrieben als über Abgründe.

»Also, Skala?«, fragt Sibel. Skala heißt Skala von 1 bis 10. 10 bedeutet, es geht maximal großartig. 1 bedeutet, es geht maximal scheiße.

»Ich würde sagen: 2,9«, sagt Carla. Sie erzählt von den Bankbescheiden, von dem Wasser, das ihr diesmal wirklich bis zum Hals steht. Und sie erzählt, dass sie die Frau getroffen hat, die Chefin dieses Escort-Services.

»Du hast es wirklich gemacht.«

Carla nickt. »Hat nicht mal ne Stunde gedauert, das Gespräch. Merkwürdig kühle Frau, blond, vielleicht Mitte 40, ein ganz bisschen der Typ Annika Stassen. Sie hat gesagt, wenn ich gebucht werde, krieg ich für den Abend 1.000 Euro, alles Weitere ist meine Verhandlungssache.«

Sibel fragt: »Was heißt das: Wenn du gebucht wirst?«

»Die hat paar Fotos von mir gemacht, bisschen Bio von mir, und jetzt bin ich in der Kartei. Und wenn mich ein Kunde von ihr interessant findet, dann bucht er mich eben.«

»Interessant findet ...« Sibel wiederholt die Worte, mit einem Hauch von Süffisanz.

Kurze Pause am Tisch. Das Rührei ist weg, das Müsli noch nicht. »Ich bin schon gebucht worden. Dienstagabend. Von dem Typen.« Carla zieht ein Foto aus der Handtasche, die eigentlich ein Stoffbeutel ist. Ein dicklicher Mann, Mitte fünfzig. »Hans Müller heißt er.«

»Cooles Pseudonym.«

»Nee, das ist kein Pseudonym. Der heißt so. Hab den gegoogelt. Große Nummer in der Chemischen Industrie. Verdient paar Millionen im Jahr.«

Sibel nimmt sich das Foto. »Der sieht so was von hammermäßig scheiße aus.«

Wieder Pause am Tisch. Dann fragt Sibel: »Was musst du tun für die 1.000 Euro?«

»Am Dienstagabend findet ein Geschäftsessen statt, in dem Lokal von Tim Raue. Sollen so 12 Leute sein, und ich bin seine Begleitung für den Abend. Ich hab übrigens auch kein Pseudonym, ich heiße Carla Rosenberg. Das ist das Ding von diesem Escort-Service. Echte Namen, wir kriegen nur ne falsche Legende, er ist ein väterlicher Freund meiner Familie, haben uns ewige Zeiten nicht gesehen und jetzt zufällig getroffen. Irgend so was. Damit wollen die die Peinlichkeit verhindern, dass zufällig jemand an dem Abend dabei ist, der einen im wirklichen Leben kennt.«

»Was musst du tun für die 1.000 Euro?«

»Ein Drink an der Hotelbar. Und das Abendessen, eine nette Begleitung sein. Und danach kann jeder entscheiden, ob es mehr wird. Er entscheidet, und ich entscheide. Die Blonde hat gesagt, wenn ich es klug anstelle, sind locker 10.000 Euro drin.«

Sibel denkt: Carla redet wie über einen Autoverkauf. Sibel denkt: Irre, wie Carla drauf ist. Sie überlegt, sagt aber nichts. Nur, und dies wieder mit einem Hauch Süffisanz: »Dann ist doch alles okay.«

Carla blickt sie an. Für einen Moment ist es sehr still am Tisch, obwohl in dem Lokal die Hölle los ist, auch deshalb, weil Sasha, der Kellner, ein volles Tablett mit sechs Gläsern Latte Macchiato fallen gelassen hat. Und dann fängt Carla an zu weinen, sie kämpft ein bisschen dagegen an, ohne Chance. Bald ist nichts mehr übrig von der Autoverkäuferin. Es geht Minuten so. Tränen, Tränen, Sibel nimmt sie in den Arm.

»Nichts ist okay«, sagt Carla, und sie klingt echt verzweifelt. »Gar nichts.«

»Kleine«, sagt Sibel und drückt sie fester in den Arm, »wir halten fest: Noch ist nichts passiert, gar nichts. Du kannst in aller Ruhe entscheiden, da nicht hinzugehen am Dienstagabend. Keiner zwingt dich.« Kleine Pause. »Außer dein Bankbeamter.« Sibel lacht.

Carla beginnt ihren Monolog. »Ich weiß, dass ich nicht normal bin, dass mit mir was nicht stimmt. Sexmäßig, du kennst das ja alles. Ich weiß nicht, warum ich so bin. Aber eine Sache hat bei mir immer gestimmt: mein Selbstbewusstsein. Ich mag mich einfach. Ich schau mich im Spiegel an, und es ist in Ordnung. Und da bin ich stolz drauf. Ich habe mich nie korrumpieren lassen. Ich mach das, was mir Spaß macht. Und wenn es mir nicht gutgeht, dann ist das mein Problem. Verstehst du, ich dachte immer, mein Selbstwertpegel ist in Ordnung. Und jetzt ... jetzt werde ich eine Nutte.«

Sibel sagt: »Häng die Sache doch nicht so hoch. Du vögelst eh jeden, der dir über den Weg läuft ...«

»Könntest du etwas liebevoller mit mir umgehen?«, unterbricht Carla.

»... und jetzt erweiterst du das Spielfeld um eine neue Variante. Du kassierst Geld. Ich sage dir jetzt, was ich dir immer sage: Du musst eine Therapie machen, das geht sonst nicht gut, das ist völlig klar. Aber die Nutten-Nummer jetzt? Na und? Gefällt mir besser als deine Sexklinik.«

Carla bestellt noch einen Latte Macchiato, Sibel noch einen grünen Tee. Zwei Tische weiter hat inzwischen

Pascal Platz genommen, der neue Praktikant im Reportage-Ressort. Sieht echt saugut aus, wie eine junge, sanfte Ausgabe von George Clooney. Und sie haben eine Wette abgeschlossen, wer ihn eher ins Bett bekommt. Sibel und Carla, und erstaunlicherweise hat Franziska auch mitgemacht, die feinsinnige Franziska, die sich sonst immer so gerne mokiert über ihre geilen Freundinnen. Pascal winkt, sie winken zurück. Er hat ein ziemlich hübsches Girl dabei. Seine Freundin? Egal, das Thema Pascal passt jetzt gerade nicht. Auch nicht die Frage, wer von beiden schon erste Fortschritte in Richtung Wettgewinn gemacht hat.

Krisengespräch ist angesagt, und wie in jedem guten Krisengespräch wird es sehr, sehr grundsätzlich. Carla sagt zum Beispiel irgendwann: »Ich werde in drei Monaten 32 Jahre alt. Ich bin so weit weg von einem normalen Leben wie der Mars vom Mond.«

»Normales Leben, was heißt das denn?«, fragt Sibel.

»Na, Kinder, Mann, solches Zeug.«

»Ich kann es mir einfach nicht vorstellen«, sagt Sibel, »ein Kind zu Hause, das immer da ist, für das du immer da sein musst. Dieses Eingesperrtsein. Ich kann's mir einfach nicht vorstellen.«

»Ich kann mir schon keinen Mann vorstellen. Immer denselben Mann. Und der Gedanke, so, der ist es jetzt, das war es jetzt mit dem Kapitel Liebe. Und mit dem Sex.«

»Doch, das kann ich mir vorstellen«, sagt Sibel.

»Ach, nee«, sagt Carla, »du bist ja richtig verliebt. Immer noch der Totenmann?«

»Natürlich immer noch der Totenmann, ich bin ja nicht so wie du.«

»Habt ihr euch nach dem Kuss wiedergesehen?«, fragt Carla.

Sibel schüttelt den Kopf. »Wir haben telefoniert. Und wir fahren bald nach England, eine ganze Woche. Keine Ahnung, was das wird.«

Der Totenmann heißt Michael Keplin, sein Business ist es, vielfältige Kontakte mit dem Jenseits zu vermitteln. Und es war die Idee von Annika Stassen, dass Sibel eine Serie darüber schreiben soll, und dazugepackt hat die Chefredakteurin noch den unglaublichen Max Wiesel, den stellvertretenden Marketingchef, denn eine Geschäftsidee für den Verlag soll auch noch daraus werden.

»Ist der Keplin eigentlich verheiratet?«

»Er sagt, Heiraten ist für ihn keine Kategorie.« Beide lachen.

»Sag mal, jetzt bist du dran«, sagt Carla, »wie geht's dir? Skala?«

»Heute früh dachte ich 3,1. Höchstens. Die Angst ist zurzeit scheiße. Aber jetzt im Moment ist sie weg.«

Carla sagt, sie solle doch endlich zu einem richtigen Arzt gehen, der ihr Tabletten gegen die Angst verschreibt, »so was gibt es, nehmen viele.« »Nein«, sagt Sibel, »ich nehme keine Tabletten.«

Sibel will, dass Carla eine Sextherapie macht, aber sie

will nicht. Carla will, dass Sibel Tabletten gegen ihre Angst einwirft, aber sie will nicht. Keine Lösung in Sicht, nirgends, aber trotzdem wird die Stimmung besser und besser in der kleinen Nische. Und sie verlassen gedanklich das Krisenterrain, zumindest das eigene, und verlieren noch ein paar Worte über die gemeinsame Freundin Franziska. Ihr beider Eindruck ist: Sie zieht sich zurück, sagt dauernd irgendwelche Treffen ab. »Meinst du, sie ist verliebt? Vielleicht in Pascal?«, fragt Carla. »Ich recherchiere mal«, sagt Sibel, »ich fürchte, es ist was anderes.«

»Was meinst du?«

»Komm, sie will eigentlich Künstlerin sein und arbeitet in der Versuchsküche. Das kann nicht gutgehen. Ich fürchte die ganz große Krise.«

»Glaub ich nicht«, sagt Carla, »die ist anders als wir. Die hat ein heiteres Gemüt.«

Sie beschließen dann noch zwei Verabredungen. Einmal ein Abendessen in nächster Zeit. Einziges Thema: Was bringt uns wirklich Freude? Was bringt Erfüllung, was sind die wirklichen Glücksbringer? Und was hindert uns daran, dies zielsicher anzusteuern? Sie wollen Franziska auch dazu einladen.

Zweite Verabredung jetzt gleich in einer Stunde. Am Computer. Autokino.

Beide checken auf dem Heimweg, beide in der U-Bahn, ihre Mails und ihre SMS. Bei Carla sind es 57 Mails. Das Meiste ist Schrott, einige Angebote zum schnellen Fick auf irgendwelchen Parkplätzen. Eine Mail von Marc, der Typ mit Nervfaktor Eins: »Warum meldest Du Dich nicht? Warum antwortest Du nicht? Ist alles gut? Es war doch so schön mit uns ...« Wenn sie ihrem Mailprogramm doch bitte sofort beibringen könnte, dass jede Mail mit der Formulierung »Warum meldest Du Dich nicht?« sofort gelöscht wird. Und dann ist noch eine Mail von Christa von Hutten dabei: »Liebe Carla, habe nachgedacht, wir erweitern den Titel zum richtig großen Thema: Die Kunst des Erinnerns. Da muss die Erste-Mal-Story unbedingt dabei sein, aber noch viel mehr. Lassen Sie uns am Montag reden. Schönes Wochenende, Christa«.

»Gute Idee! Bin voll dabei. Bis Montag ...«, tippt Carla zurück und denkt: Ist echt ne gute Idee: Die Kunst des Erinnerns.

Bei Sibel sind es 22 Mails und SMS. Einiges davon voll Schrott, und eine Mail nervt kolossal, kommt von Kotzcharlotte, ihrer Redakteurskollegin von der Kultur: »Kann ich den Text über Marlies Ledau gleich Montag früh haben, wäre toll. Freue mich sehr drauf ...« Du kannst dir den Text in den Arsch schieben, denkt Sibel. Noch nicht einmal eine blasse Ahnung, wie der Text werden soll.

Eine Mail von Max Wiesel: »Liebe Türkin, wussten Sie eigentlich, dass ich ein Tattoo habe? Wollen Sie es mal sehen? PS: Lassen Sie uns Montag treffen, wegen Reise nach England, habe ein paar Ideen.« Sibel schreibt zurück: »Lieber Jude, gerne Montag, 14 Uhr? Und unbedingt Ihr Tattoo mitbringen ...«

Dann noch ne Mail von, wenn man vom Teufel spricht, Marlies. Macht gute Laune: »Habe morgen Vorstellung, Drei Schwestern. Danach noch einen Drink an der Theaterbar?«

Zu Hause, kurz vor 19 Uhr. Beide am Computer. Die sagenhafte neue App über die Partylandschaft Berlins. Ein Stadtplan, in dem sämtliche Partys verzeichnet sind. Wichtig ist der Zugangscode, Sibel und Carla haben den besten. Zugriff auf alles. Schwulenpartys, Transenpartys, Theaterpremierenpartys, Vernissagen, Modeschauen, Sexpartys, Buchpremieren, die coolsten DJ-Auftritte, Hinterhof- und Vorderhofpartys, Russenpartys, Chinesenpartys, Mexikanerpartys und Reggaepartys sowieso. Jede Party ist ein Licht, jedes Licht blinkt und sagt: Komm doch vorbei!

»Klick mal auf A 4«, schreibt Carla. »Soll hammertoll werden.«

Sibel klickt A 4 an. Party in stillgelegtem Hallenbad. DJ Cancun und isländische Freunde. »Hört sich super an«, schreibt Sibel.

»Treffen gegen Mitternacht dort?«, schreibt Carla.

»Perfekt«, antwortet Sibel.

Beiden ist wirklich klar, dass sie ihr Leben ändern müssen, von Grund auf. Aber nicht heute Abend.

Montag, 9. März

1

Es sind die Zahlen, Elisabeth. Das hat ihr Vater immer gesagt. Es sind die Zahlen, denen du zuhören musst. Du musst sie genau betrachten. Und du musst still sein dabei. Zahlen sind Wesen, die dir etwas sagen wollen. Aber sie sprechen leise. Und das Wichtigste: Ihr Dolmetscher ist die Zeit. Zahlen verändern sich im Laufe der Zeit. Darauf, nur darauf musst du achten. Wie sie sich verändern – in einer Woche, in einem Jahr, in zehn Jahren. Dann kriegst du mit, was sie erzählen.

Die Manager des Verlagshauses Salditt & Hansen stürzen sich viermal im Jahr in die »Große Titelkonferenz«. Sie dauert einen ganzen Tag. Für jede Zeitschrift des Hauses ist eine halbe Stunde reserviert, in der die Geschäftslage präsentiert wird. Auflage, Anzeigenumsatz, Abonnentenzahlen, Wirksamkeit und Kosten von Werbekampagnen, Erfolg oder Misserfolg von sogenannten Nebengeschäften, also Bücher, DVDs, Veranstaltungen. Die verantwortlichen Manager werfen dazu Zahlen und Kurven an die Wand.

Diese Konferenz hat Elisabeth Salditts Vater eingeführt,

der das Verlagshaus gegründet hat. Aber er hat nicht ein einziges Mal daran teilgenommen. Trau niemals einem Manager, der die eigenen Leistungen präsentiert. Nicht einmal den Zahlen darfst du trauen, die er dir zeigt. Besorg dir die echten Zahlen.

Elisabeth Salditt ist nicht ganz der Meinung ihres Vaters. Sie will ihre Manager in Aktion sehen. Und sie will ihnen Fragen stellen, sie in Not bringen, sehen, wie sie sich dann verhalten. Deshalb taucht sie gelegentlich in der großen Titelkonferenz auf, immer unangekündigt. Und immer bleibt sie den ganzen Tag sitzen, bis zur letzten Minute.

Die Reihenfolge der Präsentationen folgt einem strengen Ritual. Am Anfang, um zehn Uhr, ist immer ein Newcomer dran, also ein Magazin, das gerade erst gestartet wurde und erst noch versucht seinen Platz zu finden, in den Regalen der Kioske, in den Etats der Anzeigenkunden, in den Köpfen der Leser. Heute war das eine Art Reisemagazin für junge Leute, das sich auf Kurztrips spezialisiert hat. »Bandit« heißt es. Die Frau, die dafür verantwortlich ist, hat versucht, Hoffnung zu verbreiten. Nach dem Newcomer folgt immer ein Onlineprojekt, heute war das eine komplizierte Idee, die sich um die Verbindung einer Supermarktkette mit einem digitalen Ernährungscoach dreht und schon seit zwei Jahren nicht recht »aus dem Quark kommt«, wie Elisabeth Salditts Vater es kommentiert hätte. Dann ab elf Uhr wird es ernst. Jetzt sind die Zeitschriften dran, die Platzhirsche zuerst, diejenigen mit den größten Auflagen und den größten Gewinnen. Wer zuerst kommt, das ist jedes Jahr ein Kopf-an-Kopf-Rennen zwischen dem aktuellen Magazin »Express« und dem Frauenmagazin »Holly«. Heute kommt »Holly« erst an zweiter Stelle.

Dieser Max Wiesel präsentiert die Zahlen. Elisabeth Salditt mag den Typen nicht besonders. Außer dass er bei einer Weihnachtsfeier mal tatsächlich versucht hat, sie anzugraben. Das hat ihr imponiert. Als sie ihn angewiesen hat, er möge sich etwas im Zaum halten, hat er gesagt: »Das müssen Sie meinen Händen schon selbst sagen. Meine Körperteile sind alle volljährig.«

Wiesel schwitzt bei der Präsentation und bei Salditts Fragen. Sie hat sich die Zahlen aller Titel vorher angesehen. Die von Holly besonders genau. Zwei Abende lang hat sie in der Stille ihres Arbeitszimmers den Zahlen die Frage ihres Vaters gestellt: Was wollt ihr mir sagen?

Der große Konferenzraum, in dem die Veranstaltung stattfindet, liegt im obersten Stock des Stammhauses von Salditt & Hansen, einer alten Villa mit Park an der Alster. Man blickt durch hohe Fenster auf Wasser und Rasenflächen. An einer Wand sind die aktuellen Titelbilder aller Blätter des Verlages ausgestellt, in einem extra angefertigten Gebilde aus Plexiglas. Etwa vierzig Personen sitzen in diesem Raum, ein bisschen wie im Kino vor einer herabgelassenen Projektionswand. Das Licht draußen ist hell, fast frühlingshaft, der Himmel blau. Die Fenster sind mit durchsichtigen Spezialjalousien abgedunkelt.

Wiesel bräuchte mal eine Typberatung, denkt Elisabeth Salditt. Manchmal wirft er sich in modische Designersachen, die an ihm völlig daneben aussehen. Heute ist es ein besonderes T-Shirt, das er unter dem an sich guten dunkelblauen Anzug trägt. Ein türkisfarbenes T-Shirt mit dem graphischen Muster einer Sonne auf dem Bauch. Dries van Noten würde Salditt tippen, dieser Designer hatte in der vergangenen Saison solche Muster in der Kollektion. Wiesel hat das Teil bestimmt im Outlet gekauft. Die Sonne ist riesig und gelb, macht seinen Bauch doppelt so dick und strahlt auf absurde Weise gegen die verheerenden Zahlen an, die Wiesel an die Wand werfen muss. Er ist erstaunlich ehrlich, das muss man ihm lassen. »Ich will es mal so formulieren«, sagt er. »Unser Geschäft befindet sich schon geraume Zeit auf einem Abhang, der steil nach unten zeigt. Aber jetzt wird der Abhang auch noch rutschig.«

Vielleicht, denkt Elisabeth Salditt, kann sie diesen Wiesel doch brauchen für den großen neuen Plan. Er ist gescheit, urteilsstark – und er hat Mut. Wenn sie ihn mitnehmen würde: Er wäre der Einzige aus diesem Raum. Zwei Dinge sind ihr heute nochmal sehr klar geworden. Erstens: Das Management des Verlagshauses ist von erschreckender Mittelmäßigkeit. Sie wird sich von allen verabschieden müssen, durchaus leichten Herzens. Zweitens: Die Lage ist bedrohlicher, als sie dachte, da tickt eine gefährliche Uhr, und sie tickt immer schneller. Bei diesem Gedanken spürt sie, wie sich in ihrem Nacken Schweißtropfen bilden und sich auf den Weg nach unten machen, am Rückgrat entlang. Jetzt schwitzt sie auch schon, wie dieser Wiesel. Sie zieht die Jacke des Chanel-Deux-Pièce aus, das sie heute trägt, ganz klassisch schwarz und cremeweiß. Eine Sekretärin nimmt sie ihr ab und hängt sie über einen Bügel. Die Bluse darunter hat eine große Schleife und schließt eng am Hals. Hat sie neulich in Paris bei Chloé gekauft und fühlte sich danach gleich zwanzig Jahre jünger. Jetzt scheint sie ihr die Luft abzuschnüren.

Die Kamera verlässt jetzt dieses Bild der Menschen, die dort sitzen wie im Offiziersraum eines Schiffes, dessen Kurs niemand kennt. Sie entschwebt durch eines der Fenster und findet Frau Elisabeth Salditts Fahrer, der heute frei hat. Jedenfalls bis zum Abend. Was dann sein wird, weiß er noch nicht. Bereitschaft. Das ist sein Leben: Bereitschaft. Das wird mal auf seinem Grabstein stehen, denkt er oft: Immer war er bereit. Die Frage ist nur: für was?

Jetzt jedenfalls sitzt er im feinen französischen Restaurant Carls, das am Fuße der neuen Elbphilharmonie liegt. Ein gewaltiges Gebäude ist das, ins Wasser gebaut mit einem Dach, das an ein riesiges Segel erinnert, an ein Segel der Schiffe aus längst vergangenen Zeiten. Längst sollten in diesem Gebäude schon die großen Orchester dieser Welt aufspielen, die besten Dirigenten sich ins Zeug legen. Aber das Bauwerk ist immer noch nicht fertig. Die Skandale kleben an ihm wie Muscheln an einem Schiffswrack. Das Restaurant Carls hingegen hat rechtzeitig eröffnet, bereit den Besucherstrom aufzufangen, mit Champagner und Austern, Elsässischem Sauerkraut und gebratener Blutwurst.

Heute Mittag ist der Fahrer von Elisabeth Salditt der Gast eines Herren, der sich, wie er sagt, sehr interessiert für das Verlagshaus und die Verlegerin. Nach dem ersten Treffen vor zwei Wochen hat er dem Fahrer anschließend ein Kuvert gegeben. Der Fahrer hat es erst zu Hause aufgemacht: 5.000 Euro waren der Inhalt, 50 Hundert-Euro-Scheine. Seither haben sich die beiden noch viermal getroffen, und dieses Ritual war geblieben. Der Fahrer plauderte, der Mann hörte zu. Und danach gab es ein Kuvert mit 5.000 Euro. Der Fahrer sagte nur Dinge über den Verlag und seine Chefin, die ohnehin jeder wusste, so dachte er jedenfalls. Über die Geheimnisse der Familie, er hatte ja schon den alten Salditt gefahren, über all das, was der Fahrer sonst noch so wusste, hat dieser Mann von ihm nichts gehört. Null.

Heute ist die Situation etwas anders. Schon vor der Vorspeise schlägt der Mann einen sehr bestimmenden Ton an und sagt: »Frau Salditt fliegt nächste Woche nach New York, zusammen mit einer Frau namens Larissa Werner, eine, sagen wir mal so: bessere Bardame. Ich will wissen, warum.« Diesen Satz dokumentiert die Kamera noch, dann sucht sie über dem nicht fertigen Dach der Elbphilharmonie das Weite in dem blauen Hamburger Himmel.

Mittwoch, 11. März

1

Wer bin ich heute?

Wo steckt mein Leben gerade?

Was will ich heute?

Die drei Fragen am Küchentisch. Heute Morgen sind sie sehr einfach zu beantworten. »Keine Ahnung«, schreibt Sibel in ihr Büchlein und klappt es wieder zu. Sie hat nur drei Stunden geschlafen, um vier hat sie den Text in die Redaktion gemailt, an Christa von Hutten und, es hilft ja alles nichts, an Kotzcharlotte. Sie trinkt ihren Kaffee, viel aufgeschäumte Milch, viel Zucker, und denkt: Das ist schon immer wieder ein richtig geiler Moment, einen fertigen Text wegzuschicken, man hat es geschafft, man lässt ihn los, mit allen Zweifeln, mit allen Fehlern, jetzt ist der Text in der Welt, selbst wenn man jetzt sofort sterben würde. Merkwürdig, denkt sie, was man so denkt, aber denkt man halt.

Sie hat etwas riskiert beim Schreiben ihres Porträts über Marlies, die neue Wunderschauspielerin. Was hat sie sich gequält, und jetzt sieht der Einstieg so aus:

»Ich habe von Marlies Meringuer heute Nacht geträumt. Es ist ein anstrengender Traum. Sie fordert mich heraus. Sie will, dass ich von einem Dach springe, aber das ist mir zu gefährlich. Sie sagt, du bist langweilig. Sie sagt, du bist feige. Sie sagt, so wird das nichts mit dir. Alles im Traum. Und dann springt sie. Und ruft: Komm! Warum bringe ich Marlies Meringuer nicht mehr aus meinem Kopf? Nicht mal im Schlaf …«

Mal sehen, wie der Text ankommt.

Sibel geht unter die Dusche. Lässt eiskaltes Wasser über ihren Körper laufen, über ihr Gesicht. So lange, bis die Kälte anfängt zu schmerzen. Sie liebt das. Sie ist überzeugt, dass sie ohne die Erfrischungsbombe der täglichen kalten Dusche schon gar nicht mehr auf der Welt wäre.

Als sie in der Nacht um vier den Text losschickte, sendete sie auch eine SMS an Carla: »Und?« Und kurz danach noch eine: »Skala?« Aber es kam keine Antwort. Schläft Carla etwa? Gestern war Dienstag, gestern war der Abend, die Nacht, die Escort-Service-Nacht. Wie hieß der dicke Typ noch? Irgendwas mit Müller. O Gott.

In der Früh auch keine Nachricht von ihr. Carla?

Um kurz nach neun Uhr fährt Sibel in die Redaktion. Es ist ein Morgen, der Musik braucht, alte Musik, ruhige, traurige Musik. Sibel trägt ihre Kopfhörer und hört Leonard Cohen, in der U-Bahn, auf den paar Metern zum Holly-Gebäude, die trägt sie noch, als sie in den Aufzug steigt. Und was für ein Zufall, Christa von Hutten ist schon drin im Aufzug, kommt von unten aus der Tiefgarage. Sibel nimmt den Kopfhörer ab und sagt:

»Guten Morgen.« Und dann passiert etwas, mit dem sie nun wirklich nicht gerechnet hat. Christa von Hutten nimmt sie in den Arm. »Sensationeller Text, ich bin restlos begeistert. Ich habe heute Nacht schlecht geschlafen, und dann kam irgendwann der Text. Er hat mich umgehauen. Preisverdächtig. Kommen Sie nachher bitte in mein Büro, bringen Sie Charlotte mit. Wir müssen wegen der Fotos reden, die müssen auch sensationell werden.« Noch eine Umarmung.

Was für ein Morgen. Was für ein Anfang, Sibel geht zum Büro von Carla. Und Carla ist da, Jeans, weißes T-Shirt. Sie sitzt am Schreibtisch. Tippt irgendwas in ihren Computer.

Sibel schließt die Tür. »Und?«, fragt sie.

»Nicht jetzt«, sagt Carla, ohne aufzublicken.

»Komm, kurz. Skala? Sag. Sonst platze ich.«

Jetzt sieht Carla sie an, und für einen Augenblick ist in ihrem Gesicht wirklich nicht zu erkennen, ob Carla gleich anfangen wird zu weinen oder zu lachen.

2

Larissa schlendert unschlüssig durch den Duty-free-Shop am Zürcher Flughafen. Ihren Lieblingsduft, das Body Spray von La Prairie, darf sie sowieso nicht mit nach New York nehmen, wegen der hysterischen Sicherheitsbestimmungen. Das Rauchen hat sie vor vielen Jahren aufgegeben. Und Schweizer Schokolade macht ja nun wirklich nur Sinn als Mitbringsel. Aber wem soll sie etwas mitbringen nach New York?

Die Zwischenlandung von Berlin in die USA hat ihr Elisabeth Salditt empfohlen, oder besser: befohlen. »Sie werden doch wohl nicht ernsthaft Air Berlin in Betracht ziehen? Und die Direktflüge der Lufthansa managt United Airlines, da können Sie den Service komplett vergessen! Nein, nein, wir buchen für Sie die Swiss ab Zürich, der kurze Zwischenstopp ist schnell vergessen – dafür bekommen Sie die beste Businessclass der westlichen Welt. Auf dem Rückflug werden Sie schlafen wie ein Baby!«

Die Hamburger Verlegerin spielt neuerdings eine große Rolle in Larissas Leben. Was in Berlin noch niemand so richtig mitbekommen hat. Als sie mit Bela, ihrem Chef im Robbespierre, besprochen hat, in Zukunft nur noch vier statt fünf Abende zu arbeiten, konnte sie das easy begründen.

Sie arbeitet jetzt seit über vier Jahren als *Maître d'* in dem Szene-Restaurant, ihre attraktive Erscheinung ist nicht ganz unschuldig an seinem coolen Ruf, da konnte sie den zusätzlichen freien Abend quasi als Gehaltserhöhung verhandeln. Und hat so Zeit, den Job für Elisabeth Salditt vorzubereiten. Der vielleicht ihr Leben für immer verändern wird.

Die Lounge lohnt sich eigentlich nicht mehr – lieber besorgt sie sich noch ein paar Zeitschriften. In den großen Kiosken an Flughäfen oder Bahnhöfen hat sie schon als Kind mit Vorliebe Zeit totgeschlagen.

»Na, wen haben wir denn da?« Larissa weiß, bevor sie sich umdreht, dass die Stimme zu Sebastian Dubach gehört. Ausgerechnet ihn muss sie hier treffen, wobei die Wahrscheinlichkeit, einen Schweizer Geschäftsmann am Zürcher Flughafen zu treffen, natürlich nicht gerade gering ist. Sie dreht sich langsam um, sagt aber nichts.

Larissa hat tatsächlich nach der wenig erfreulichen Begegnung im Robbespierre nicht mehr an ihn gedacht, auch scheint Dubach keine Rolle zu spielen in den Geschäften Elisabeth Salditts, zumindest in denen, die neuerdings auch Larissa betreffen. Im Gegenteil: Das eisgekühlte Glas Champagner in seinem Gesicht als Reaktion auf einen unverschämten Kommentar schien in den Augen Salditts Teil ihrer Qualifikation.

Sie sagt noch immer nichts, will sich abwenden, aber Sebastian Dubach hält sie am Arm fest. »Das hätte mich locker mein Geschäft kosten können, das weißt du schon?« Seine Stimme hat einen bedrohlichen Klang angenommen, zwischen den Augenbrauen ist die Zornesfalte zu sehen, die Larissa so gut kennt. »Damit muss man rechnen, wenn man sich nicht zu benehmen weiß«, sagt sie kühl und entzieht ihm mit einem Ruck ihren Arm, »und nun entschuldigst du mich bitte, ich möchte meinen Flug nicht verpassen.«

Larissa geht davon, langsam, die Absätze sind hoch, sie spürt seine Blicke, fragt sich kurz, was sie machen wird, wenn er hinter ihr herkommt, aber das passiert nicht. Vielleicht endet hier, zwischen Gate A und dem Omega-Store am Zürcher Flughafen nun endlich ein Kapitel ihres Lebens, das an jenem denkwürdigen Abend im Robbespierre so unvermittelt wieder aufgeschlagen worden ist.

Sebastian Dubach gehört zu ihrer Londoner Vergangenheit, diesen zwei vermaledeiten Jahren, in denen sie dachte, sie sei auf dem besten Weg, ein Star zu werden. Weil man mit 22 noch denkt, es reicht, denselben Dealer zu haben wie Kate Moss. Sich auf dem sicheren Weg nach oben wähnt, in den Olymp der Schriftsteller, nur weil Salman Rushdie bei einer Bemerkung schmunzelt, die man ihm ins Ohr schreit, irgendwann einmal im Morgengrauen, im Annabell's.

Sebastian Dubach hatte sie in genau diesem *poshsten* aller *poshen* Clubs in Kensington kennen gelernt. Auf einer jener Partys, auf der jedes Mädchen einen Vater zu haben scheint, der mal in einer weltberühmten Band gespielt hat oder entfernt verwandt ist mit dem britischen Königshaus. Oder beides. Wo man nur reinkommt, wenn diese Mädchen und ihre Begleiter einen entertaining finden. Funny. Lovely. Interesting. All das, was sie eine Zeitlang einmal war. Damals. Offenbar.

Sebastian hatte sie nach einer Zigarette gefragt, sich dann Feuer geben lassen und dabei beide Hände um ihre mit dem Feuerzeug gelegt, dabei war es ja gar nicht windig in dem engen, überfüllten Raum. So was hatte sie schon immer schwach gemacht: Gesten von gestern, wie von Cary Grant.

Sie hatten schnell bemerkt, dass sie Deutsch reden konnten miteinander, Sebastian war für zwei Semester in Harvard, um sein Studium in englischer Geschichte zu pimpen, wie er das nannte. Danach wollte er zurück nach Zürich, weiterstudieren, dann dort, in seiner Heimatstadt, Karriere machen als Journalist. Einer seiner Kommilitonen war ein entfernter Cousin des Mädchens, dessen 21. Geburtstag man hier heute Abend feierte, das hatte ihn vorbeigebracht an den arroganten Türstehern draußen. Und der akute Männermangel der Londoner Society. Wenn du als junger Mann einigermaßen heterosexuell warst, dazu gute Manieren hattest und trinkfest daherkamst, flogen dir die Herzen der Westend Girls reihenweise zu. Und erst recht die ihrer Eltern.

Larissa wusste sofort, dass sie sich in Sebastian verlieben würde.

Er war groß und blond, und er trug die Uniform der reichen Kinder dieser Welt: an jenem Abend ein dunkles Jackett über einem schlichten weißen Hemd – keine Krawatte! –, dazu eine perfekt zerfetzte Jeans, die er sich vermutlich während seiner letzten Los-Angeles-Reise in einem der legendären Vintage-Läden in Santa Monica gekauft hatte. Seine Haare waren im Nacken und über der Stirn leicht gelockt, er strich sie sich im Minutentakt mit seinen schönen langen Fingern hinter die Ohren. Wenn er etwas fragte, schaute er sie danach mit diesem intensiven Blick eines kleinen Jungen an, der dabei ist, die Welt zu erforschen.

Irgendwann sangen alle »Happy Birthday«, als die riesige Geburtstagstorte hereingeschoben wurde, Larissa und Sebastian ließen sich gleich danach zurückfallen auf das gepolsterte Halbrund in ihrer Sitzinsel, redeten, rauchten, tranken, vergaßen die Welt um sich herum. »Deine Augen sehen traurig aus«, sagte er irgendwann, als sie über eine böse Bemerkung von ihm laut losprustete, »besonders, wenn du lachst.«

Er rückte noch näher an sie heran, schaute sie an, sie wich unwillkürlich ein wenig zurück. Er streckte seine Hand aus, zeichnete mit dem Zeigefinger ihre Brauen nach, rückte noch näher, wartete, ob sie wieder wegrücken würde, und als sie sitzen blieb, küsste er sie. Zärtlich, erst, wie ein Fohlen, dachte Larissa, aber dann fordernd, seine Zunge öffnete ihre Lippen, seine Hand glitt an ihrem Hals herunter, entlang an ihrer langen Halskette, bis zwischen ihre Brüste.

Larissa hätte schon damals und genau dort, auf diesem runden Sofa im Annabell's, mit ihm geschlafen. Was wahrscheinlich nicht mal weiter aufgefallen wäre: Eine ihrer Freundinnen in London hieß Annabell, angeblich, weil ihre Eltern sie genau hier, unter einem der kleinen Tische gezeugt hatten.

Tatsächlich schliefen sie erst wenige Stunden später das erste Mal miteinander. In Larissas Bett, in ihrer Mini-Wohnung in Nottinghill. Als er sie auf dem schmalen

Bett in die Arme nahm, ihre Haare aus dem Gesicht strich und leise, zärtlich flüsterte: »Meine Prinzessin, meine traurige Prinzessin«, da dachte Larissa, dass dies alles entweder ein Traum war. Oder sie dem Leben bis dahin unrecht getan hatte – dass es sich offenbar auch ganz ohne Drogen fantastisch anfühlen kann.

Als er in sie eindrang, härter, als sie erwartet hatte, spürte Larissa, wie ihr ganzer Körper auf ihn antwortete, so als hätte er ein Leben lang auf diesen Moment gewartet. Sie liebten sich, laut, leidenschaftlich, bis zur Erschöpfung, schliefen kurz ein, ineinander verknäuelt, wurden wach, weil ein Arm eingeschlafen, eine Brust gequetscht, sein Schwanz wieder hart wurde, an ihrem Rücken.

Schliefen wieder miteinander, diesmal zärtlicher, weicher, langsamer. Die Morgensonne schimmerte durch die Vorhänge, »deine Haut ist wie Seide, ich will nie mehr aufhören, dich zu streicheln«, flüsterte Sebastian. Larissa nahm seine Hand von ihrem Bauch, und sie küsste jeden einzelnen seiner Finger.

Daran denkt sie jetzt, als sie langsam den Gang hinuntergeht zu ihrer Maschine. Die Erinnerung wird zu einem Film, den man nicht stoppen kann. Diese Art Kino war kurz nach der Trennung von Sebastian ganz schlimm, hatte sie nachts nicht schlafen lassen. Jetzt ist das schon viele Jahre nicht passiert. Und jetzt eben hoffentlich zum letzten Mal.

Eine freundliche Schweizer *Maître de Cabine* nimmt

sie in Empfang, schaut nur kurz auf ihr Ticket und geleitet sie dann nach links, in ein kleines Abteil, direkt hinter der First-Class-Kabine. »Unser Stüebli«, antwortet die Schweizerin auf Larissas fragenden Blick, »hier sind Sie noch ein wenig ungestörter.«

Langsam versteht Larissa, warum so viele weit gereiste Menschen von dieser Airline schwärmen: Gerade mal drei Reihen passen in diesen kleinen Vor-Raum, die Hälfte davon sind Einzelsitze, es gibt ein internationales Zeitschriften-Repertoire und dazu Flugbegleiter, die sich exklusiv um die gehobene Klasse zu kümmern scheinen – Larissa findet, dass ihr neuer Job grandios beginnt.

Als sie gut acht Stunden später im John F. Kennedy Airport aufsetzen, fühlt sich Larissa entspannt wie nach einem Spa-Aufenthalt. Tatsächlich hat sie mehrere Stunden geschlafen, zuvor aber noch ein leichtes Mittagessen zu sich genommen, sogar ein Glas *Yvorne Grand Cru 2011*, den die Stewardess so warm empfohlen hat, hat sie sich gegönnt dazu. Und danach ganz entspannt *Gone Girl* gesehen, den Thriller mit Rosamund Pike und Ben Affleck, den sie in Berlin irgendwie verpasst hat.

Die Einreiseformalitäten gehen viel rascher über die Bühne, als sie das in Erinnerung hat, dank des neuen Eintrags in ihrem Pass, der jetzt Pflicht ist. Das Gepäck kommt wenige Minuten später, nochmal eine Kontrolle, dann läuft sie durch die Sperre. Sie sieht das Schild mit der Aufschrift MS LARISSA WERNER schon von weitem, der riesige schwarze Fahrer, der es vor seinem Bauch balanciert, rechnet offenbar nicht mit einer blonden Frau Mitte dreißig. Erst als sie demonstrativ vor ihm stehen bleibt, beide Arme mit Taschen und Koffer in die Luft reckt, reagiert er. Dann allerdings mit einem strahlenden Lächeln.

Er übernimmt sofort sämtliches Gepäck, nur ihre kleine Balenciaga-Handtasche darf sie selbst tragen. Darnell, so hat er sich mit formvollendeter Verbeugung vorgestellt, marschiert vorneweg zu einem Cadillac Escalade, ein überdimensionaler SUV, wie aus einem Gangsta-Video. Er hilft ihr in den Fond, verstaut dann das Gepäck und fragt beim Einsteigen nach ihren Musikwünschen.

»I would prefer to just listen to the sound of the city, if you don't mind«, sagt Larissa, Darnell quittiert das mit einem breiten Grinsen im Rückspiegel. Und los geht's.

Elisabeth Salditt hat sie in einem der typischen Business-Hotels unterbringen wollen, irgendwo in der Nähe des Times Square, aber Larissa hat darauf bestanden, downtown zu wohnen. Deswegen fahren sie jetzt über die Williamsburg Bridge von Brooklyn aus über den Hudson River nach Manhattan.

Larissa spürt, wie sehr sie sich auf die Stadt freut. Mehr als momentan auf die meisten Menschen, denkt sie. Als sie auf der Delancey Street durch China Town fahren, dann in die Bowery einbiegen, schließlich vor dem Bowery Hotel anhalten, ist sie so wach, als wäre tatsächlich früher Abend und nicht, wie nach ihrer inneren europäischen Uhr, bereits Mitternacht. Sie ist schon einmal in diesem Hotel gewesen, vor sechs Jahren, als es noch ziemlich neu war. Sein Charme liegt vor allem darin, dass die gesamte Einrichtung vom ersten Tag an den Eindruck erweckt, man sei in einem alten Kasten aus dem vorletzten Jahrhundert. Die Teppiche in der Lobby, die Aufzüge, die Kamine, die Bar – alles wirkt wie eine Filmkulisse, man würde sich nicht wundern, Humphrey Bogart anzutreffen oder Hemingway. Und tatsächlich steigen im Bowery Hotel besondere Leute ab, Schauspieler, Designer, Schriftsteller, Künstler. Banker oder Geschäftsleute wie Elisabeth Salditt sucht man hier vergeblich. Larissa hat die Lobby dennoch vorgeschlagen für ein erstes Treffen mit der Verlegerin. Sie ist sicher, dass deren ungewöhnlicher Geschmack nicht bei Kleidern haltmacht – und das Date mit den künftigen Geschäftspartnern ist erst für den nächsten Tag angesetzt, natürlich in dem Hotel in Midtown.

Larissa checkt in ihr Zimmer ein, ein nicht allzu großes Doppelzimmer mit schöner Terrasse, darauf, eingeschneit, schmiedeeiserne Möbel unter einer schwarzweiß gestreiften Markise. Sie öffnet die gläserne Terrassentür, tritt hinaus in das Dauer-Rauschen der Stadt, die nie schläft, und atmet die kalte Abendluft ein. In diesem Moment klopft es an der Tür.

Donnerstag, 12. März

1

Beinahe hätte er die Sache übersehen, beinahe wäre ihm die vielleicht wichtigste Information in Ute Halmas Tagebüchern entgangen, oder jedenfalls die unterhaltsamste. Wer weiß, was sonst noch so zum Vorschein kommt … Lars Meier fragt sich gerade, ob Ute Halma auch im täglichen Leben einen Hang zu kleinen Versteckspielen gehabt hat, aber er muss das verneinen. Ute war aufrichtig und klar in allem, was sie tat und sagte. Dafür waren die Tagebücher voll mit Kürzeln, Symbolen, Farbcodes und Fantasiebezeichnungen. »Der Wolf im dritten Stock ist auf der Jagd« steht zum Beispiel als einzige Eintragung an einem Donnerstag im September 1998. Damals war die Holly-Redaktion noch in Hamburg, der Umzug nach Berlin kam erst später. Und Lars Meier war Artdirector bei der Zeitschrift »Yacht«.

Jetzt sitzt er zu Hause in der Küche. Es ist fünf Uhr morgens. René schläft. Die Küche ist Renés Revier, er ist der Koch von ihnen beiden. Lars Meier glaubt, dass er in der teuersten Küche der Welt sitzt, alles blitzt, und von allem gibt es hier nur das Beste. Die aufgereihten

Messer an der Magnetleiste über der Arbeitsplatte, die Töpfe und gusseisernen Pfannen, das Holz der Arbeitsplatte, der Stein des Fußbodens, die Dimension des Kühlschranks ... Renés Reich. Niemand kann den Rehrücken in Salzkruste so wie er. In der Mitte der Küche steht ein großer Holztisch, der früher in einer Klosterbibliothek seinen Dienst tat. Zwei, drei Stunden des Tages ist das der Platz von Lars, immer ganz frühmorgens, bevor der Tag richtig anfängt, sitzt er da. Schon als Kind ist er so früh aufgewacht, das geht schon sein ganzes Leben so. »Transit« nennt er diese Stunden zwischen Nacht und Tag, in denen er immer wach ist. Er liest, schaut Zeitschriften, denkt nach, hört Musik, bereitet sich auf etwas vor, erinnert sich an etwas. »Das überleg ich mir im Transit«, sagt er manchmal. Oder. »Ich nehm das mit in den Transit und schau's mir dort genauer an.«

Lars Meier sagt, dass er nur zwei, drei Stunden am Tag richtig gut ist, und zwar alleine im Transit. »Aber davon zehr ich dann den ganzen Rest des Tages.« Manchmal empfiehlt er das auch anderen Leuten, tut gut, du wirst sehen. Aber er kennt niemanden, der diese Stunden liebt. Ute Halmas Tagebücher sind perfekt für den Transit. Sie sind irgendwie rätselhaft und fordern das Gehirn heraus. Es gibt darin zum Beispiel ein Totenkopfsymbol, hübsch hingekritzelt – und dahinter stehen immer zwei, drei Großbuchstaben. Es gibt eine Art Thermometer, auch wieder mit einem Kürzel und einer Temperaturangabe daneben. Die Sache, die ihm beinahe entgangen wäre, ist ein Ampelsystem, das sich Ute ausgedacht hat, rote, gelbe und grüne Farbpunkte. Die Punkte stehen zwischen zwei Kürzeln. Dass die Kürzel Namensinitialen sind, ist ihm heute aufgefallen, weil er sein eigenes Kürzel gesehen hat: LaM für Lars Meier. So unterschreibt er Fotografenrechnungen und Spesenabrechnungen. Im Sommer vor drei Jahren, das sieht er plötzlich, taucht sein Kürzel in Utes Eintragungen täglich auf, und zwar mit einem anderen Kürzel daneben: AST – Annika Stassen. Die Farbpunkte zwischen seinem und ihrem Namen beginnen bei Rot, werden dann gelb und schließlich für ein paar Tage sogar grün, dann aber springen sie wieder zurück auf Gelb. Nicht schlecht, die Ute, denkt Lars Meier. Und einen Moment lang schweifen seine Gedanken ab, zurück zu diesem Sommer. Und zu einem furchtbaren Streit mit René, genau hier, in seiner Küche.

Er schaut die Bücher durch, achtet nur auf die Farbpunkte und die Namenskürzel, und dann begreift er: Eine Affären-Ampel hat Ute Halma da in ihren Büchern installiert. Rot heißt: Achtung, zwischen diesen beiden könnte was losgehen. Gelb heißt, die sind sehr nah dran, und Grün – nun ja.

Mit dieser Erkenntnis blättern sich Utes Bücher schon gleich ganz anders. Als René schließlich um halb acht in die Küche kommt, wie immer ohne einen Ton von sich zu geben, er ist der größte Morgenmuffel der Welt, lacht Lars Meier gerade laut auf und sagt: »Wer hätte das gedacht!« Dafür erntet er einen irritierten Blick von

René. Aber das ist ihm ganz egal. Von heute an wird er die Redaktion mit ganz anderen Augen sehen. Er kann es kaum erwarten im Holly-Kosmos aufzuschlagen. Und er wird die anderen Rätsel der Tagebücher auch noch lösen, im Transit. Ganz sicher.

2

Soll niemand sagen, dass sich Max Wiesel nicht in die Arbeit stürzt.

Gleich um neun Uhr morgens telefoniert er eine halbe Stunde mit dem Marketing-Chef der Shampoo-Marke Schwartzkopf, die inzwischen zum Henkel-Konzern gehört. Es geht darum, um was soll es sonst gehen, wie viele Anzeigen Schwartzkopf im nächsten Quartal in Holly schalten könnte. Eine Anzeigenseite in Holly kostet 30.00 Euro. Es geht also um eine Menge Geld.

Der Schwartzkopf-Mann, kein besonders freundlicher Mann, sagt, er habe drei Forderungen, die nicht verhandelbar seien. Der Name Schwartzkopf müsse in den nächsten Holly-Ausgaben mehrfach im redaktionellen Teil des Blattes POSITIV erwähnt werden; seine Firma wünsche sich weiter ein großes Interview, natürlich im redaktionellen Teil des Blattes, über die Magie der Haare, gerade bei Frauen, inklusive besonderer Erwähnung des Namens Schwartzkopf, er schlage ein Gespräch mit einer bekannten Schauspielerin vor, am besten mit einer, die bereits Schwartzkopf-Werbeträgerin sei. Wer das sein könnte: Vorschläge folgen. Und drittens erwarte man ein Interview mit dem Forschungschef von Schwartzkopf, selbstverständlich wieder im redaktionellen Teil des Blattes, über den Sieg gegen Schuppen.

Wenn man sich darüber einig sei, sagt der Schwartzkopf-Mann, dann erwäge Schwartzkopf im nächsten Halbjahr einen Werbeetat in Höhe von 1,4 Millionen Euro in Holly zu platzieren.

Max Wiesel sagt, wunderbar, das klinge doch ganz wunderbar. Er müsse noch ein, zwei Gespräche im Verlag führen, aber er könne jetzt schon versprechen, dass sämtliche Schwartzkopf-Forderungen erfüllt werden, und zwar sehr gerne.

Um elf Uhr trifft Wiesel den stellvertretenden Kampagnen-Chef von Mercedes, ebenfalls ein eher unangenehmer Mann, der den Tick hat, sich dauernd an beide Ohrläppchen zu fassen, um sie zu reiben, nein, um sie für einen Moment zu zwirbeln. Sie sitzen im Foyer des Hotels Adlon, ein paar Meter nur vom Brandenburger Tor entfernt, trinken beide einen Cappuccino, vor sich dazu eine große Flasche stilles Wasser. Der Mercedes-Mann hat zwei Handys vor sich liegen, er sieht dauernd drauf, er tippt, »Entschuldigung«, sagt er, »das Business …«

»Herr Wiesel, Sie sind ein netter Mann, und ich würde so gerne für Sie was tun. Aber Mercedes ist eine Weltmarke, und Holly, tja, wie passt das zusammen?«

Wiesel sprudelt los. Wie viele Leser und vor allem

Leserinnen Holly erreicht – Millionen. Er berichtet von neuen Studien aus den USA, »kann ich Ihnen mailen«, demnach Frauen nicht nur immer mehr Luxusautos kaufen, sondern auch der entscheidende Grund seien, warum Männer sich solche Wagen leisten. »Wollen wir nicht alle unseren Frauen imponieren?«, sagt Wiesel. Und er sagt, man könne bei Holly im redaktionellen Teil des Blattes eine Menge für Mercedes tun, Interviews mit Stars etwa über den Sex-Faktor von Mercedes oder Interviews mit Mercedes-Fachleuten, etwa dem Chef der Forschungsabteilung oder dem Design-Chef oder …

Mister Mercedes bleibt unaufmerksam, spielt mit seinen Handys und unterbricht Wiesel irgendwann: »Herr Wiesel, lassen Sie uns die Sache abkürzen, ich bin wirklich in Eile. Schicken Sie mir ein Paket von Vorschlägen, was Sie für Mercedes tun können, und ich werde schauen, was ich für Sie tun kann.«

Max Wiesel verlässt das Adlon und setzt für einen Moment sein Lieblingsspiel fort: Wenn er eines Tages Terrorist wird und sich an all den unverschämten Hohlköpfen grausig rachen wird. Den Mercedes-Arsch werde er an die Wand nageln, und zwar an seinen Ohrläppchen. Und dem Schwartzkopf-Mann gebe er sein Shampoo zu trinken, Flasche für Flasche, vor allem das mit dem Apfelaroma. Wiesel geht in Richtung Gendarmenmarkt. Mittagessen mit der Anzeigenleiterin von Wempe. Das ist mal eine Nette, und hübsch ist sie auch, schadet ja nicht.

Max Wiesel ist offiziell der stellvertretende Marketing-Chef von Holly, aber in Wahrheit ist er viel mehr: Er ist der Mann für die Geschäfte im Graubereich, manchmal auch im tiefen Schwarzbereich, oder wie immer man das nennen will. Er verdient doppelt so viel wie der Marketing-Chef und auch mehr als der Anzeigen-Chef. Verlag und auch die Chefredaktion von Holly haben beschlossen, dass sie in solchen Zeiten einen Typen wie Wiesel brauchen, dass sie ihn aber nicht ganz nach oben stellen, Wiesel ist nicht so richtig geeignet für den schönen Schein.

Wiesel nimmt das in Kauf, er pflegt zu sagen: »Mit Ruhm ist das in meiner Branche so eine Sache. Ich setze lieber auf Bescheidenheit und – Geld.«

Wiesel liebt es, Geschichten zu erzählen, er hat Geschichten zu seinem Markenzeichen gemacht, er verteilt Geschichten, Anekdoten, Witze, wie Stars Autogrammkarten. Er schafft damit einen hübschen Kontrast, da der Mann fürs Grobe, dort der Unterhaltungsprofi. Wirkt das manchmal abgestanden? Ihm doch egal. Max Frisch hat mal geschrieben, Charme zur Haltung gemacht ist Waffenstillstand mit der eigenen Lüge. Vielleicht kann man es so ausdrücken: Max Frisch gehört nicht zu den Lieblingsautoren von Max Wiesel.

Wiesel begrüßt die Dame der Uhrenfirma Wempe und sagt: »Ich erzähle Ihnen eine Geschichte. Kommt ein junger Mann zu einem weisen buddhistischen Mönch.

Bitte, erklär mir, fragt der junge Mann, was Freiheit ist. Der Mönch sagt: Das ist einfach. Hebe ein Bein, welches du möchtest! Der junge Mann hebt das linke Bein. Bleib so, sagt der Mönch. Nach zehn Sekunden sagt der Mönch: So, und jetzt hebe dazu auch noch das andere Bein. Der junge Mann sagt, das geht nicht, dann falle ich um. Siehst du, sagt der Mönch, das ist Freiheit. Deine erste Entscheidung ist frei, die zweite ist es nicht mehr, da musst du Verantwortung für die erste Entscheidung übernehmen.« Gute Geschichte, sagt sie. Finde ich auch, sagt Wiesel. Stimmung am Mittagstisch ist gerettet.

Ansonsten fragt die hübsche Wempe-Dame, was Holly für Wempe tun kann, wenn Wempe Anzeigen schalten soll. Max Wiesel sagt, er lasse sich was einfallen. Er sei sehr fantasievoll. Und fügt hinzu: »Wissen Sie eigentlich, dass ich ein Tattoo habe?« Das ideale Thema für ihn, bisschen überraschend, bisschen anzüglich, denn natürlich folgt die Frage: »Und Sie, Sie haben doch sicher auch ein Tattoo?«

Um 15 Uhr skypt Wiesel mit einem Prada-Manager in Mailand. Da erzählt er keine Geschichte, geht über Skype irgendwie nicht, findet er. Der Prada-Mann ist kurz angebunden, er formuliert nur zwei Aufträge: Holly soll über eine Kunstausstellung in Cancun berichten, die Prada ausrichtet. Und einen großen Bericht machen über das neue Prada-Model. »Okay«, ruft Wiesel in Richtung Bildschirm, »sehr gerne, wird erledigt.« Und: »Grüßen Sie Italien von mir!«

Um 17 Uhr ist er bei Christa von Hutten. Sie hat um den Termin gebeten. Thea Liebhardt, die Sekretärin, sagt: »Sie können schon reingehen.« Und nach einer kleinen Pause: »Möchten Sie einen Kaffee?« »Ja«, antwortet Wiesel, »das ist wunderbar.« Und auch er macht eine kleine Pause und dreht sich in der Tür noch einmal um: »Wissen Sie, dass Sie das erste nette Wort zu mir an diesem langen Tag gesprochen haben?«

Christa von Hutten sitzt hinter ihrem Schreibtisch, es ist der Schreibtisch von Annika Stassen, sie hat in dem Büro nicht viel geändert, die paar Stapel Papier, zwei Fotos, ein, zwei Stifte, ein Briefbeschwerer, ein kleines Nilpferd, alles Sachen von Annika Stassen, liegen zusammengeräumt auf einem Beistelltischchen, links neben der Eingangstür. Auf der schwarzen Schreibtischplatte, die jetzt ihre ist, gibt es nichts außer einem Laptop und einem Telefon. So hat sie es immer gehalten. Alles vermeiden, was nach Ballast aussieht.

»Guten Tag, Frau von Hutten.«

Sie blickt auf: »Guten Tag, Herr Wiesel.«

»Hab ne kleine Geschichte, die eigentlich eine Frage ist: Wussten Sie«, sagt Wiesel, »dass es keinen einzigen Nobelpreisträger auf der Welt gibt, der seinen Blinddarm nicht mehr hat?«

»Nein«, sagt sie, »das wusste ich nicht.« Sie blickt ihn für einen Moment ziemlich spöttisch an, »Herr Wiesel …«, überlegt und sagt am Ende nichts.

»Was kann ich für Sie tun, Frau von Hutten?«

»Ich habe gerade Ihre Mail gelesen. Wempe, Prada, Schwartzkopf, all das machen wir so, wie Sie es vorschlagen. Ich rede mit der Redaktion.«

Wiesel konnte Frau von Hutten immer schon gut leiden. Hinter dieser Fassade der Idealistin war sie eine knallharte Pragmatikerin. So müssen Chefs sein, und Chefinnen auch, das war seine feste Überzeugung.

»Wie läuft das Totenprojekt?«, fragt sie.

»Ich denke, gut. Ich denke, wir können mit dem Herrn Keplin eine Firma gründen. Ich muss sagen, die kleine Yolan macht einen guten Job bisher.« Er sagt dies ohne jede Anzüglichkeit, er hat doch auch andere Seiten, und er sagt: »Übrigens, der Keplin tut so, als hätte er in den letzten Tagen mit seiner alten Freundin Annika Stassen gesprochen. Ich habe nicht nachgefragt. Ich wollte es Ihnen nur sagen, vielleicht interessiert es.«

»Ja, interessant.« Aber dann sagt Christa von Hutten: »Ich habe noch etwas anderes.« Sie öffnet die oberste linke Schreibtischschublade und zieht eine Rechnung heraus. 26.000 Euro. Von einer Internetfirma, die DOXTEN heißt

Wiesel nimmt die Rechnung, schaut sie sich an. Und zuckt mit den Schultern.

»Was ist das für eine Rechnung, Herr Wiesel?«

»Keine Ahnung, habe ich noch nie gesehen. DOXTEN? Hab ich noch nie gehört.«

»Herr Wiesel …«, ihre Stimme wird etwas leiser, »… das glaube ich Ihnen nicht. Wir kennen uns schon lange, und eines weiß ich: Wenn es eine Sauerei hier im Hause gibt, dann wissen Sie Bescheid. Und das klingt mir hier sehr nach einer Sauerei.«

Wiesel antwortet: »Ich nehme Ihre Worte als Kompliment, aber ich muss passen. Sorry, ich weiß nichts da drüber.«

Gegen 18:30 Uhr fährt Wiesel nach Hause. Unten in der Tiefgarage erinnert ihn Herr Gutenmorgen, dass er seinen Wagen nun wirklich jetzt bald für zwei Tage zur Inspektion bringen müsse. Wiesel sagt: »Können Sie mich nicht auch zur Inspektion schicken?« Und steigt lachend in das Auto.

Max Wiesel wohnt mit seiner Familie in Wilmersdorf, direkt am Viktoria-Luise-Platz, einem der schönsten Plätze in Berlin, vor allem in den Monaten von April bis Oktober, weil ein Brunnen dann eine gewaltige Wasserfontäne in den Himmel bläst. Aber auch jetzt im März liebt Wiesel diese Gegend, er wohnt seit mehr als zehn Jahren dort, seine beiden Töchter sind hier geboren und aufgewachsen. Marisa ist sechs, Joanna acht, er liebt sie, natürlich, und auch seine Frau Nora, sie sind jetzt zwölf Jahre verheiratet.

Ist die Familie sein Ein und Alles? So platt würde er es niemals ausdrücken, er spricht sowieso auffallend selten von seiner Familie. Und vielleicht ist es auch ganz gut so, denn die Kamera kann offensichtliche Verlogenheiten gar nicht leiden. Und wer weiß, ob sie nicht das ein oder andere kleine Filmchen über den wahren Wiesel für alle Fälle bereithält?

An diesem Abend liest Max Wiesel seinen Töchtern vor dem Einschlafen noch etwas vor, ihre Lieblingsgeschichte »Der Hund, der nicht bellen konnte«. Jedes Mal wieder ein bisschen anders, heute hat der Hund einen Freund, einen Fisch, der nicht schwimmen kann.

Als er selbst, ein bisschen später, einschlafen will, gelingt es nicht. Er wird diesen Gedanken nicht los: Warum weiß er nichts von dieser DOXTEN-Sache? Nichts zu wissen ist nie gut.

3

Ina Edelsinn, geboren in Antwerpen, Alter unbekannt, die berühmteste noch lebende Modedesignerin der Welt. »Trends sind etwas für Menschen, die keinen Geschmack haben«, war einer ihrer viel zitierten Sätze Anfang der neunziger Jahre. Vor 14 Jahren überraschte sie die gesamte Fashionbranche mit der Ankündigung ihres sofortigen Rückzuges. Wie sie diesen Rückzug in die Tat umsetzte, war dann die nächste Überraschung. Weder verkaufte sie ihre Marke »Edelsinn«, noch ließ sie das Geschäft von anderen weiterführen. Sie nahm die Marke komplett vom Markt – ohne Kompromisse, ohne Übergang, ohne Rücksicht auf kaufmännische Zwänge wie Verträge. Von einem Tag auf den anderen hörte Edelsinn auf zu existieren. Die

Mode, die Accessoires, die Taschen und Schuhe, selbst die Düfte – vorbei. Edelsinn-Kleidung wurde dadurch augenblicklich zum Renner in Secondhand-Boutiquen, Vintage-Stores und bei Versteigerungen im Internet. Die Preise kletterten zum Himalaya, Fälschungen schossen aus dem Boden. Und niemand hat je erfahren, was Ina Edelsinn selbst über all das dachte. Weil sie von einem Tag auf den anderen schwieg.

Ein einziges Mal, vor vier Jahren, meldete sie sich mit einem Zwischenspiel zurück. Sie entwarf für ein unbekanntes Fair-Trade-Label einen Blazer, Unisex. Keine Zeitschrift, keine Zeitung, kein Fernsehsender auf der ganzen Welt, die diesen Blazer nicht abbildeten. Der Clou: Es gab ihn in zwei Varianten. In einem anthrazitfarbenen weichen Wollstoff – und in durchsichtigem Plastik. Und es gab dazu ein Statement von Ina Edelsinn:

»Unsere Gesellschaft zerbricht am Widerspruch der Sehnsüchte. Einerseits möchten wir ganz bei uns selbst sein, in einer warmen Hülle, wie der Embryo im Mutterleib. Andererseits möchten wir totale Transparenz, alles soll aus- und zur Schau gestellt werden. Früher sollte Kleidung zeigen, wer wir sind. Heute muss sie unsere Sehnsüchte formulieren. Dazu kann ich nur einen einzigen Beitrag leisten: diesen.«

Georg Bender verzieht das Gesicht. »Ist das nicht einfach nur so ein pseudointellektuelles Modegeschwafel?«

»Mann«, sagt Simone, »du musst schon damit leben, dass es auch in anderen Branchen gescheite Leute gibt.«

»Tue ich ja«, sagt Bender, »im Fußball zum Beispiel gibt es einige wirklich geniale Leute …«

Sie liegen nebeneinander in Simones Bett. »Kannst du denn Fußball spielen?«, fragt sie.

»Klar. Ich war Linksaußen in der Jugend von Tus Herne 07.«

»Wann ist denn die Pause vorüber, Herr Linksaußen?«, sagt Simone und setzt sich auf ihn.

»Hast du denn jetzt schon mal offiziell angefragt wegen des Interviews, die Edelsinn hat doch so eine Referentin …«

»Ja, hat sie. Du hast sie ja selber schon umschleimt. Aber die frag ich nicht, das ist sinnlos. Ich warte auf andere Zugänge.«

»Bisschen warten ist immer gut«, sagt er und küsst sie. Während er das tut und seine Hände auf ihren Hintern legt, denkt sie an Frank. Wie kann es sein, dass man seine Gefühle so aufteilen kann? Heißt das, man hat zu viel Gefühl? Oder zu wenig? Zerrissen von den Widersprüchen der Sehnsüchte. Vielleicht hat der Bender, dessen Schwanz sich gerade bemerkbar macht, doch recht: Geschwafel.

Freitag, 13. März

1

Thea Liebhardt klopft an die Tür, steckt gleich den Kopf herein und sagt: »Ich muss Sie kurz stören, Frau von Hutten, ein Anruf für Sie.«

»Sagen Sie, ich rufe gleich zurück.«

»Ich glaube, Sie sollten sofort drangehen«, sagt Thea Liebhardt.

Christa von Hutten ist an ihrem Schreibtisch, gegenüber sitzt Georg Bender, der nun Anstalten macht aufzustehen. »Ich hau mal ab, Christa, kein Problem, wir waren ja eh schon durch.«

Als Bender draußen ist, sagt Christa von Hutten: »Wer ist denn da so wichtig?«

»Christian Jaufmann«, antwortet die Sekretärin.

»Der Außenminister?«

»Der Außenminister.«

»Okay, geben Sie ihn mir.« Vielleicht hat es mit den vielen gemeinsamen Jahren mit Paul zu tun, sie ist jedenfalls ein sehr optischer Mensch geworden, sie muss sich beim Telefonieren immer vorstellen, wenn es irgend geht, wie ihr Gegenüber aussieht. Das ist diesmal einfach, denn Christian Jaufmann ist einer der meistfotografierten Politiker des Landes. Knapp 50 Jahre alt, ziemlich durchtrainiert, es gibt kaum jemanden, der ihn nicht als gutaussehend, charismatisch beschreiben würde. Kein Wunder, dass ihn die einfallslosen Medien bereits zum deutschen Kennedy hochgeschrieben haben und natürlich zum ersten Kandidaten für das mögliche Amt des Bundeskanzlers.

»Christian Jaufmann.«

»Christa von Hutten.« Kurze Pause. »Es ist mir eine Ehre, Herr Außenminister.«

»Frau von Hutten, ich danke für Ihre Aufmerksamkeit, es geht um zwei Sachen ...«

Die erste Sache: Jaufmann will eine Frauenoffensive im Diplomatischen Dienst starten, er will Frauen auf Schlüsselpositionen in dieser Männerwelt setzen, und er würde möglicherweise diese Initiative gerne mit einem großen Medien-Interview starten, vielleicht sogar in Holly.

»Das ist eine wunderbare Idee, Herr Außenminister. Und ich kann Ihnen jetzt schon versichern, Holly steht bereit.«

»Und natürlich«, ergänzt Jaufmann, »würde ich mich sehr freuen, wenn Sie mich beraten würden, was bei dieser Initiative vor allem zu beachten sein wird.«

Christa von Hutten denkt: Es geht um eine eher mittelwichtige Angelegenheit, Frauenförderung im Auswärtigen Amt, und er will meinen Rat? Er ruft persönlich an und lässt das nicht von seinem Pressesprecher zumindest vorbereiten. Was ist das denn hier?

Christa von Hutten sagt: »Selbstverständlich, ist mir eine Freude. Wann immer Sie mögen.«

Noch ein bisschen nettes Blabla von beiden Seiten, und dann, ja, dann kommt die zweite Sache, das zweite Anliegen des Außenministers der Bundesrepublik Deutschland. Jaufmann räuspert sich und stottert beinahe ein wenig. »Frau von Hutten, ich ... also, ich möchte sagen ... ich weiß, es geht mich nichts an, aber gestatten Sie mir bitte die Frage: Haben Sie irgendwelche Informationen über den Verbleib von Annika Stassen?«

»Sie können sich ja vorstellen, wie sehr uns diese Geschichte mitnimmt, ihr vollkommen unerklärliches Verschwinden. Und ich kann Ihnen leider nur sagen, wir wissen nichts, gar nichts. Es gibt keinen Kontakt, und es gibt auch keine Information, wo sie stecken könnte. Handy, private Mailadresse, alles wurde abgemeldet.«

»Sie wundern sich vielleicht über meine Nachfrage ...?«

»Nein, nein, Ihr Interesse freut mich ...«, sagt sie.

»Wir sind uns in den letzten Jahren immer mal wieder begegnet, bei offiziellen Anlässen«, fährt der Außenminister fort, »und irgendwie hat mich die Nachricht von ihrem Verschwinden erschüttert. Sagen Sie, gibt es irgendeinen Anwalt, der das Vertrauen von Annika Stassen hat, irgendeinen möglichen Kontaktmann, der mehr wissen könnte?«

»Ich fürchte nein. Ich und wir kennen jedenfalls niemanden. Es tut mir sehr leid, Herr Minister, dass ich Ihnen so gar nicht weiterhelfen kann.«

Als das Gespräch zu Ende ist, drückt Christa von Hutten auf das Sekretariatsknöpfchen an ihrem Telefon. »Kommen Sie bitte mal kurz, Thea.«

»Wussten Sie, dass Stassen und Jaufmann sich kennen?«

»Nein, aber Sie wissen ja, ich bin selber noch nicht lange da.«

Christa von Hutten erzählt vom Telefongespräch, vom großen ungewöhnlichen Interesse des Herrn Jaufmann. »Sie sind eine erfahrene Frau, Thea, das merke ich. Wenn Sie das hören, was fällt Ihnen da ein?«

Thea grinst. »Nach meiner Erfahrung machen Männer so etwas nur, wenn sie verliebt sind.« Nach einer Pause fügt sie hinzu: »Aber liegt sicher daran, dass unter meinen Männern bisher keine Außenminister waren.«

Die Kamera begleitet Thea Liebhardt zurück an ihren Schreibtisch, wo sie kurz darüber nachdenkt, wann sie dachte, dass ihr Mann am meisten in sie verliebt war. Wohl damals, als er ihr diesen Brief schrieb, diesen wunderbaren Brief, mit dem Tenor: Warum er sich niemals wieder eine andere Frau vorstellen könnte, nicht mal vorstellen. Die Kamera zeigt die Szene, als Thea Liebhardt den Brief liest. Das war sechs Monate, bevor ihr Mann sie dann verließ. Die Zwillinge waren damals gerade zwei Jahre alt.

2

In schönen Hotels fällt einem sofort auf, wie hässlich die Gäste sind, die dort absteigen. Das denkt Elisabeth Salditt, als sie auf einem der Sessel im Foyer des Berliner Hotels Adlon ihre Blicke schweifen lässt.

Zum Beispiel dieser ältliche Herr mit dem Haarkranz, dessen Wangen wie Rosenbeete glänzen und der eine aufgeplusterte Jacke von Jack Wolfskin trägt, deren Rot wiederum nichts, aber auch gar nichts mit Rosenbeeten gemein hat. Er ist allein aus einem der Aufzüge getreten und behelligt jetzt schon geraume Zeit eine Angestellte. Will alles ganz genau wissen, erfragen, in rheinischem Dialekt. Rheinische Impertinenz in Rot.

Wie war das noch gleich mit dem prachtvollen und mit Elefanten verzierten Springbrunnen, der einmal das Zentrum dieses Foyers ausgemacht hat? Und dem dieser kleinere hier nachempfunden ist? Das Geschenk eines indischen Maharadschas? Von wann? Von wem aufgestellt? Und die Lampen? Alabaster? Er fragt, als könne jede ihrer Antworten eine neue Erkenntnis über sein eigenes Leben bedeuten. Die Höflichkeit, mit der das junge Ding auf seine Fragen eingeht, ist wie ihr Kostüm: nachtfarben und aus feinem Stoff gewoben, einladend und zurückweisend zugleich.

Salditt denkt daran, dass in einer Holly-Ausgabe mal über die Arbeitsbekleidung von Angestellten in Hotels berichtet wurde, und sie glaubt sich jetzt daran zu erinnern, dass das Adlon immer mal wieder einen Wettbewerb ausschreibt für junge Designer. Der Gewinner darf die Angestellten einkleiden. Keine schlechte Idee, findet sie jetzt. Noch besser allerdings wäre ein Wettbewerb für junge Designer, dessen Gewinner dann die Hotelgäste einkleidet …

Der Mann, mit dem Elisabeth Salditt hier verabredet ist, lässt auf sich warten. Wie jedes Mal. Normalerweise würde sie das nicht dulden. Bei diesem Mann allerdings muss sie eine Ausnahme machen. Das weiß sie.

Sie kann diesen Menschen nicht ausstehen. Da ist etwas an ihm, das sie beunruhigt. Ein Gefühl, wie sie es aus Zeiten ihres Studiums in London kennt, als sie noch U-Bahn fuhr. Da nimmt jemand neben dir Platz, und ohne, dass du es dir erklären kannst, ist die Hoffnung wachgerufen, dieser Mensch möge an der nächsten Station aussteigen.

Er wählt für ihre Treffen immer Orte in Berlin aus, die für sie sehr schwer mit ihm und seiner Person zu vereinbaren sind. Als würde er darauf explizit Wert legen. Jedes Mal war's ein anderer Ort, an dem sie sich trafen. Jedes Mal war er es, der ihn auswählte. Er kommt immer allein. Obwohl er – wie sie weiß – sehr gut vernetzt ist und bei diesem Projekt mit mehreren Menschen zusammenarbeitet. Was das für Menschen sind, das weiß sie nicht. »Wenn Sie möchten, dass wir Erfolg haben, müssen Sie zuallererst den Anspruch auf Kontrolle abgeben.«

Keine angenehmen Worte für die Verlagsinhaberin Frau Salditt. Und keine vertrauten Worte.

Sie blickt auf die Uhr auf ihrem iPhone. 15:45 Uhr. Er ist jetzt schon eine Viertelstunde zu spät. Sie könnte sich nun zurücklehnen, entspannen. Sie könnte einige SMS schreiben, E-Mails beantworten, die Termine für den Tag durchsehen, sich ein paar Gedanken zu diesen Terminen machen und notieren. Sie könnte … Aber die Farben auf dem Display ihres iPhones machen sie jetzt nervös. Sie legt das iPhone auf das Beistelltischchen zurück.

Der Springbrunnen plaudert seine leise, weiche Melodie, und der Pianist am Flügel spielt dazu, als könne Musik nie etwas anderes sein als das leise Plätschern von Wasser und das Plaudern von Stimmen in erhabenen Räumen und als würde sie immerzu das Licht einer Kindheit heraufschimmern lassen, die es nicht gegeben hat.

Eine Kindheit, die es nie gegeben hat?

Bei diesem Gedanken befällt Elisabeth Salditt die Müdigkeit. Die Müdigkeit, die sie so gut kennt. Die sie einhüllt und abschirmt. Von dem Ort in ihrem Innern, dort, wo die Nacht blüht. Die Müdigkeit beschützt mich, hat sie sich als Kind immer gesagt. Vor dem Grauen. Komm Müdigkeit, hat sie zu ihr gesagt. Hilf mir!

Und sie kam. Und sie half. Über so viele Jahre. Und sie half so gut, dass sie lange Zeit nichts mehr wusste, von dem Ort, wo die Nacht blüht. Doch dann kam Hendrik. Hendrik war ein Romantiker: helles Sehnen. Und sie war einmal verliebt gewesen in dieses helle Sehnen. Eine kleine Weile lang. Und in Hendrik. Das war, bevor sie gelernt hatte, dass mit Sehnsucht nichts zu gewinnen war, gar nichts. Dass Sehnsucht nur Zaudern vor dem Leben war. Das hatte sie Gott sei Dank früh verstanden.

Hendrik hatte ihr Gedichte vorgelesen. Abend für Abend. Mit seiner tiefen männlichen Stimme, die gar nicht recht zu seiner androgynen Körperlichkeit passen wollte. Als sie jünger war, war es ihr oft so vorgekommen, als hätten nur wenige Menschen die Stimme erhalten, die ihnen vielleicht ursprünglich einmal zugedacht war, und als würde es da immerzu zu Verwechslungen kommen. Als würde ein Herr Schwarz aus X mit der Stimme reden, die eigentlich einem Herrn Weiß aus Y gehörte. Vielleicht fanden einige Stimmen ganz allein in die Welt. Ohne den dazugehörigen Menschen, der vielleicht erst viele Jahre später geboren werden sollte.

Mit seiner schönen Stimme also hatte ihr Hendrik die Gedichte vorgelesen, abends, in seiner Kammer in St. Georg im Lichtschein einer Lampe mit grünem Lampenschirm. Eines Abends war es ein Gedicht des Amerikaners Robert Frost gewesen:

Zwei Wege trennten sich im Wald, und ich –
Ich nahm dann den, der kaum begangen war …

Als Hendrik diese Worte las, war Elisabeth Salditt neunzehn. Und sie spürte, wie etwas zurück in ihr Bewusstsein drängte. Mit einem Mal blühte sie wieder, die Nacht.

Und sie hörte, wie ihr Vater, der große Verleger, nachts mit seinen Fingerknöcheln an ihre Kinderzimmertür klopfte. Ganz leise und dreimal. Immer dreimal. Und wie sich die Tür dann öffnete, so, als gebe es sie nicht. Als gebe es jene Tür, die ein kleines gelocktes Mädchen hätte schützen können, nur in den Träumen. Jedes Mal, wenn der Vater kam, sprach er die Zeilen dieses Gedichts von Robert Frost. Er säuselte sie vor sich hin – wie eine Melodie. Wie eine Beschwörung. Als könne er all jenes, was unter seiner Haut tobte, was ihn nachts in das kleine Zimmer im ersten Stock der Villa am hinteren Ende des langen dunklen Ganges führte, bezähmen. Aber er bezähmte es nicht. Kein einziges Mal bezähmte er es. Und bei Tag kannte der Vater keine Gedichte. Nein, er kannte sie nicht.

Ein paar wenige Hände klatschen gönnerhaften Applaus, als das Piano verstummt. Und Elisabeth Salditt findet aus der inneren Nacht zurück ins lichtumglänzte Foyer des Adlon. Ihr wird bewusst, dass sie sich zu tief in den Sessel hat zurücksinken lassen, und sie richtet ihren Oberkörper auf. Ihr Herzschlag dröhnt ihr in den Ohren. Sie reibt sich die Schläfen mit den flachen kühlen Händen – eine Methode, die sie sich selbst über die Jahre beigebracht hat und die ein wenig hilft.

Jetzt sieht sie, wie der junge Mann, mit dem sie verabredet ist, langsam schlurfenden Schrittes das Hotel betritt. Er ist hochgewachsen und dünn und wie jedes Mal, wenn sie ihn trifft, in Schwarz gekleidet. Seine Haare hängen dünn und sehr hell herab, wie die schütter gewordenen Haare einer alten Frau. Aus der Ferne glaubt sie sogar wieder die schwarzen Handschuhe zu erkennen, die sie bisher immer an ihm gesehen hat. Handschuhe, die die Finger freilassen. Fahrradhandschuhe?

Er sieht für sie wie ein Model aus. Allerdings ist er alles andere als ein Schönling. Er wirkt wie einer jener Männer, die manchmal für Shows und Shootings gebucht werden, wenn es darum geht, ein raues, wildes, ja verlebtes männliches Image herauszustellen. Er trägt eine enge Lederhose, wie ein Punk-Rock-Gitarrist, denkt Elisabeth Salditt, und dazu einen Margiela-Pullover auf der nackten Haut. Ein Look, wie von Hedi Slimane erfunden, damals, Anfang der Nullerjahre, als der Designer in den Berliner Kunstwerken gewohnt hat und sich von den Drogen-Strichern Berlins für seine Dior Homme-Kollektionen inspirieren ließ.

Als er näher kommt, geht ihr durch den Sinn, dass es Menschen gibt, die sich allerorts so vorwärtsbewegen, als hätte man für sie einen roten Teppich ausgelegt. Frau von Hutten zum Beispiel gehört zweifelsohne zu ihnen. Bei diesem jungen Mann ist es in ihren Augen ähnlich. Nur scheint es kein roter, sondern ein schwarzer Teppich zu sein. Der junge Mann wandelt auf schwarzem Samt.

Seit nun mehr zweieinhalb Monaten ist er für die Redaktion Holly tätig. Sie hat ihn dort hineingesetzt. Offiziell soll er den neuen Internet-Auftritt der Marke Holly betreuen. In Wahrheit hat er einen anderen Auftrag.

Einen Auftrag, von dem sonst niemand in der Redaktion oder dem Verlag Bescheid weiß.

Wie war sie auf ihn gekommen? Das Orakel hat gesprochen.

Es gibt einen Mann, einen kühnen Weltenbummler, mit dem Elisabeth Salditt zusammen in Eton Politikwissenschaften studiert hat. Seine Familie zählt zu den angesehensten und reichsten in Großbritannien. Der Mann hat sich damals in die blonde deutsche Studentin verliebt. Auch sie mochte ihn sehr, aber ihre Zuneigung hat sich zu seinem Leidwesen nie in die Höhen der Liebe aufschwingen können. Seine Liebe zu ihr allerdings kann mit Leichtigkeit noch immer das dunkle Blau des Ärmelkanals und weite Landstriche überfliegen. Sie waren noch jung, da hat er zu ihr gesagt: »Wenn ich schon nicht dein Liebhaber sein kann, lass mich dein Orakel sein. Ich kenne mich gut aus in dieser Welt, glaube mir. Ich habe die besten Kontakte. Wann immer du Rat brauchst im Leben, sei es beruflich oder privat, kannst du auf mich zählen.«

Dreimal in ihrem Leben hat sie sich auf diese Aussage berufen. Das erste Mal zwei Tage, bevor sie die Leitung des Verlags Salditt & Hansen übernommen hat. Das zweite Mal sieben Tage, bevor sie ihr Kind abtrieb. Und das dritte Mal vor genau zweieinhalb Monaten, als sie einen Menschen genannt haben wollte, der ihre neuen Pläne aufs Genaueste umsetzen kann.

»Herr Freund, schön Sie zu sehen«, hört sie sich selber

sagen, als der junge Mann an sie herantritt. Sie erhebt sich, und sie schüttelten einander die Hand. Bei dieser Gelegenheit nimmt sie wahr, dass der Handschuh, den Michael Freund trägt, aus Leder ist.

»Bitte entschuldigen Sie, dass ich zu spät bin«, sagt er. »Der Bus hat zu lange auf sich warten lassen.«

»Kein Problem«, lügt sie in geschmeidiger Freundlichkeit. »So hatte ich Gelegenheit, ein bisschen vor mich hin zu träumen.«

Elisabeth Salditt hasst Formulierungen dieser Sorte. Vor sich hin träumen, sich treiben lassen, die Seele baumeln lassen. Sie hasst sie sehr. Noch viel mehr allerdings hasst sie ihre Bedeutung. Als seien die Tage, die unsere Taten einforderten, unsere Siege, unser Untergang, ein hübscher Gang durch ein Naturkundemuseum, entlang gläserner Schaukästen. Schön und bunt und informativ. Ausgang durch den Museumsshop.

An diesem Nachmittag im Hotel Adlon ordert Michael Freund dreimal einen doppelten Espresso nach (ohne Zucker, ohne Milch) und gibt Frau Salditt aufs Genaueste Auskunft auf ihre Fragen. Letztlich sind es allesamt nur Variationen einer einzigen Frage: »Läuft alles nach Plan?«

»Ja«, sagt er. »Läuft alles nach Plan.«

Was Elisabeth Salditt wahrnehmen kann an diesem Nachmittag, ist der intensive Jasminduft, der von dem jungen Mann ausgeht. Sie vermutet eine Bodylotion von Durance en Provence. Was Elisabeth Salditt nicht wahrnehmen kann, sind die Gedanken des jungen Mannes: »Ja, Frau Salditt. Läuft alles nach Plan. Aber es ist nicht der Plan, den Sie im Sinn haben …«

Als die beiden das Hotel durch die große Drehtür verlassen, herrscht eine kalte Berliner Nacht, wie mitten im Winter.

Samstag, 14. März

1

Jeder neue Tag hält uns Spiegel vor, und wir müssen dem, was wir darin sehen, standhalten … Manchmal können Geschehnisse ein Spiegel sein, heißt es. Das, was uns widerfährt. Oder das, was uns eben nicht widerfährt. Wovon wir träumen. Wovon wir träumen mit geschlossenen Augen. Wovon wir träumen, wenn da kein Schlaf ist, der uns weich umfängt. Augen, ohne Zuflucht. Keine Aussicht auf Schlaf. Das, was wir nie sein werden, das ist das fürchterlichste Spiegelbild.

Es ist 4:25 Uhr. Franziska steht am Fenster ihres kleinen Ateliers im Berliner Stadtteil Neukölln, das zugleich auch der Ort ist, an dem sie lebt. Ihr kommt es lächerlich vor, wenn sie sich selbst zu Menschen sagen hört: mein Atelier. Aber ein Atelier soll es sein. Da gibt es draußen ein Schild, mit der Aufschrift »Franziska Kindler, Mosaikkünstlerin«. Da gibt es die Einladungskarten einer Vernissage, die noch irgendwo herumliegen. Da gibt es die Stehlampe aus den 50er Jahren, die ihr ihre Mutter geschenkt hat, als sie das Atelier vor fast drei Jahren bezogen hat.

Das Licht der Lampe schneidet eine bleiche Schneise durch den kargen Raum. Alles sonst ist die Dunkelheit. Tiefes Winterdunkel, das die Stadt erfasst hat und wovon sie sich noch geraume Zeit nicht wird lösen können. Das Atelier befindet sich ganz oben unter dem Dach. An dem Fenster, an dem sie steht, sind übereinander drei schmale Metallstangen waagerecht angebracht. Zwei Monate nach ihrem Einzug hat sie sie dort befestigen lassen. Es war der Sog der Tiefe, gegen den sie ankämpfen, dem sie etwas entgegensetzen musste. Allerdings war es nicht so, dass die Stangen einen Sprung in den Abgrund hätten verhindern können. Und dieses Wissen sitzt ihr unter der Haut.

Sie blickt auf die gegenüberliegende Häuserzeile und findet kein erleuchtetes Fenster, an dem ihr Blick eine Zuflucht finden könnte. Also geht ihr Blick nach innen, und sie findet Impressionen und Farben der Party wieder, auf der sie gerade noch war. Das Ineinanderklingen der Stimmen, das heißere Gelächter, den Pulsschlag der Musik. Eine Party, nur ein paar Straßen entfernt in einer riesigen Wohnung. Ein junger aufstrebender Filmemacher der Gastgeber. Mit Carla und Sibel ist sie dort gewesen. Hollys Dreiergespann, Club der Stenografen.

Dreiergespann? Franziska fühlt sich nicht dazugehörig. Sie unternimmt sehr viel mit den beiden, sie lacht mit ihnen, kocht für sie, geht auf Partys, aber sie weiß genau, ihre Lebensflamme züngelt nicht so hoch und schön wie die der anderen beiden. Doch sie bemerken es nicht. Sie sagen: *Die Franziska aus der Versuchsküche hat wieder zu einem Dinner im Atelier geladen. Wie schön!* Und viel mehr sagen sie nicht.

Franziska aus der Versuchsküche. Seit zweieinhalb Jahren arbeitet sie dort in der Redaktion Holly. Steht am Herd, probiert Rezepte für neue Gemüsesoufflees aus, Hirschragouts, Fischsoßen und natürlich Weihnachtsplätzchen. Dieses ihr Leben riecht nach angebratenen Zwiebeln, nach Sonntagsbraten, nach Gewürzen und frischen Kräutern.

Und dann gibt es noch ihr anderes Leben. Das riecht nach Klebstoff, nach dem Gas eines Bunsenbrenners, nach Alkohol und Farbe. Sie fertigt Skulpturen an. Ausschließlich bestehend aus Scherben: Tonscherben, Kristallscherben, Steinscherben, Glasscherben. Sie arbeitet immer nachts.

Scherben ihres Lebens. Der kleine Ort Erpel am Rhein: An einem Tag im Frühling, als sie noch ein kleines Kind war, schlich sie sich in das Schlafzimmer ihrer Eltern und bürstete sich ihre braunen Haare vor dem Spiegeltisch ihrer Mutter. Ihre Haare waren nicht glatt und schön wie die von Disneys Arielle, der Meerjungfrau. Ihre Haare waren widerborstig, kraus und struppig und standen auf den Schultern auf. Im Reflex schlug sie mit ihrer kleinen Faust in den Spiegel hinein. Es entstand eine Delle, und Scherben fielen heraus.

Als ihre Mutter sie kurz darauf fand, hatte sie in aller Ruhe mit blutigen Händen mit den Scherben gespielt.

Es ist 4:30 Uhr. Die Zeit verstreicht langsam in tiefer Nacht. Franziska steht am Fenster. Augen, ohne Zuflucht. Keine Aussicht auf Schlaf.

Montag, 16. März

1

Hunde können singen. Das weiß Simone Pfeffer jetzt. Jedenfalls französische Bulldoggen sind dazu in der Lage. Manchmal stimmen sie eine Art Ariengesang an, der dann auch zehn Minuten anhält – und die Besitzer in eine Krise stürzen kann. Nicht alle französischen Bulldoggen machen das, und diejenigen, die es tun, sind völlig unberechenbar darin, bei welcher Gelegenheit es sie überkommt zu singen. Ziemlich laut ist die ganze Vorstellung, das darf nicht unerwähnt bleiben.

Simone Pfeffer weiß jetzt alles über französische Bulldoggen. Stämmige, schwarzweiße Hunde mit lustigen Fledermausohren, als Welpen besonders verschmust. Alle Besitzer schwärmen von sehr liebenswerten und intelligenten Gefährten, die nachts schnarchen.

Die Spyders, ihre Spyders, haben Simone auf die Spur der Bulldogge gesetzt. Das Netz der Spyders hatte plötzlich eine Nichte von Ina Edelsinn in den Maschen, die von ihrer Tante sagte, sie liebe diese Hunde, und sie züchte sogar welche. Ja, mitten in Paris. Von dieser Information war es nicht weit zu einem Twitter-Account mit dem Namen »I-Kastulus«. Ziemlich klug kommentiert »I-Kastulus« das Zeitgeschehen – aus der Sicht einer Bulldogge. 12.000 Followers ist nicht viel, I-Kastulus ist eher ein Spezialtipp für eine spezielle Gemeinde.

Kastulus war der Name der französischen Bulldogge, die Ina Edelsinn als Kind geschenkt bekam. Ihre Nichte sagt, von diesem Hund stünde heute noch ein Bild auf dem Schreibtisch ihrer Tante. Kastulus heißt auch eine kleine Bulldoggen-Zucht in Paris. Allerdings weist nichts im Handelsregister auf die Besitzerin Ina Edelsinn hin.

Die Spyders lieferten noch einen zweiten Ansatzpunkt. Der Exfreund einer Frau, die heute in Rom Kunst studiert, ist Motorradmechaniker in Paris. Er pflegt und wartet eine Harley Davidson Night Train und schwört, dass die Besitzerin Ina Edelsinn ist, weil er sie einmal gesehen hat. Das Motorrad steht in einer Tiefgarage in der Innenstadt und wird erstaunlich oft gefahren. Aber Simone Pfeffer setzt auf die Bulldoggen, auf Kastulus. Das wird sie vorschlagen: Ein Gespräch über Hunde.

Die Nichte gibt die E-Mail-Adresse ihrer Tante nicht heraus, da ist nichts zu machen. Aber über die Hundezucht haben die Spyders eine Mailadresse der »Chefin« bekommen. Es ist dieselbe Adresse, die der Motorradtyp hat – für die Kommunikation mit der Besitzerin der Night Train.

Es ist Montagmorgen, als Simone Pfeffer die erste Anfrage an diese Mailadresse sendet. Sie hat sie in Französisch formuliert und von einer französischen Spyderfrau korrigieren lassen. Gesendet 10:12 Uhr.

Die Kamera unternimmt jetzt eine kleine Fahrt in die Zukunft, zeigt, wie Simone Pfeffer immer und überall ihr iPhone kontrolliert, ob es eine Antwort auf ihre Mail gibt. Sie zeigt Simone Pfeffer, wie sie nach drei Tagen eine zweite Mail losschickt und zwei Tage später noch eine dritte. Und schließlich sehen wir sie nach dem Yogakurs bei Steve Frommen erschöpft in der Umkleidekabine. Bevor sie duschen geht, holt sie doch nochmal das Telefon aus dem Spind. Ihr Gesicht beim Blick auf das Display. Dann ihr kleiner Schrei.

Die Kamera zeigt uns das Display, den Text der Mail. Er ist auf Deutsch.

> Liebe Simone Pfeffer,
> Ihre Hartnäckigkeit imponiert mir. Wir können gern über die Bulldoggen sprechen. Meine Referentin schickt Ihnen Terminvorschläge.
> Freundliche Grüße,
> I. E.

Aber davon hat Simone Pfeffer natürlich an diesem Montagmorgen noch keine Ahnung. Es ist der Tag, an dem sie mit Christa von Hutten über den Workflow-Bericht sprechen wird. Die Chefredakteurin will mit ihr zu Mittag essen. Sie hat im Borchardt reserviert. Simone ist ein bisschen nervös.

2

Was ist die Stadt? Die Stadt ist das vielfältige Entrinnen von Zeit.

Da ist die Bewegung, das Rauschen, die Hast, die Jagd – FAST FORWARD. Da ist das leise Tönen, die kaum merkliche Regung, das Abwarten, das Hinnehmen, das Aufgeben – PAUSE/STOP.

Da ist die Verlangsamung, das Luftschnappen, das Zurückbleiben, der Wunsch festzuhalten, was nicht festzuhalten ist, langsames Außer-Sicht-Geraten – SLOWMOTION.

Jedes Wesen, jeder Ort, jedes Ding innerhalb der Stadt ist seiner eigenen Zeit unterworfen. Hat sein eigenes Entrinnen, sein eigenes immerwährendes Sterben.

Michael Freund sieht seine Mutter vor sich. Mit 41 Jahren – innerhalb einer relativ kurzen Zeitspanne entschwand sie in eine Welt, in die ihr niemand folgen konnte. Sie saß fortan im Rollstuhl und war nicht mehr ansprechbar und musste gepflegt und versorgt, gewaschen und gefüttert werden. Aber da war dieses Lächeln, das ihren farblos gewordenen, schmalen Mund umspielte. Ein entrücktes, geheimnisvolles Lächeln, das niemals wich. Als würde die Mutter in sich selbst etwas geschaut haben – eine Seligkeit, ein Wissen. Und auch etwas Böses, Dämonisches war dieses Lächeln, eine finstere Überlegenheit.

Diesem Lächeln kann Michael Freund niemals entkommen, ganz gleich, wohin er auch geht. Und er hat einige Orte zurückgelassen in seinem Leben. Er war in Thailand, hat in England studiert, war schon in jungen Jahren Mentor für Studenten in Rostov am Don in Russland.

Er liebt dieses Lächeln. Es erfüllt ihn mit einem sonderbaren Stolz auf seine tapfere Mutter, der es gelungen war, sich diesem erbarmungslosen Leben auf ihre Weise zu entziehen.

Er hasst dieses Lächeln, weil es Sinnbild dafür ist, dass die Mutter ihn und seine drei jüngeren Schwestern und seinen Vater, den lebenshilflosen Mathematik-Theoretiker, zurückgelassen hat. Ohne Worte, ohne Heimstätte, ohne Umarmung.

Er fürchtet sich vor diesem Lächeln und sieht es in seinen Träumen. Und bei allen Geschehnissen, in die er hineingerät oder die er einfach nur beobachtet, kommt es ihm so vor, als würde das Lächeln der Mutter das Banale, ja Nichtige in ihnen zum Vorschein bringen.

Die Bushaltestelle, an der Michael Freund sitzt, hat das Tempo SLOWMOTION. Eine Insel aus SLOWMOTION. Um die Insel herum – FAST FORWARD. Verkehrstönen. Rauschende Bewegung. Es ist ein lichterfüllter Vormittag.

Ein vorausgeschickter Gruß des Frühlings.

Michael Freund sitzt dort in einem Outfit – bestehend aus einem langen schwarzen Mantel mit silbernen Schulteraufsetzern, einem bordeauxroten Rollkragenpullover und einer engen schwarzen Lederjeans. Alles bei The Kooples im Sale gekauft. An den Händen trägt er – sein Markenzeichen – die schwarzen Lederhandschuhe, welche die Finger freilassen. Er trägt immer diese Handschuhe, auch deshalb, weil sie seine Arbeit am Tablet-Computer im Freien an der Bushaltestelle – im Gegensatz zu normalen Handschuhen – nicht beeinträchtigen.

Auch jetzt hat er wieder den Tablet-Computer auf den Knien und arbeitetet schon geraume Zeit mit fast unveränderter Miene Codes in ein Programm ein.

Sein Vater war derjenige, der ihm die stille, verlässliche Anmut der Zahlen nahegebracht hat. Und jedes Mal aufs Neue kommt nach einer gewissen Zeit die Schwerelosigkeit, die er so liebt. Die viele Menschen erleben, wenn sie Musik hören. Das Abgeben des eigenen Gewichtes. Das weiche, besänftigende Getragensein in Klängen und Stimmen. Auch die Zahlen haben Klänge und Stimmen für Michael Freund. Und eine Farbigkeit, in der er schwelgen kann. Ein helles, irisierendes Blau.

Ein Bus hält jetzt an der Haltestelle. Alle Menschen steigen aus. Auch der Fahrer – ein dicker, vertrauensselig dreinschauender Mann – steigt aus und zündet sich eine Zigarette an. Er läuft auf und ab und wirft immer wieder Blicke zu Michael Freund hinüber. Es lässt sich von seinem Gesicht ablesen, dass er nicht weiß, wie er diesen jungen Menschen mit den langen, hellen Haaren einordnen soll. Dass ihn aber die Vielfalt der Menschen, die er täglich zu sehen bekommt, nicht erschreckt. Im Gegenteil. Dass sie ihn erfreut und er sich oft wünscht, etwas über diese Menschen zu erfahren. Der Busfahrer ist ein Mann, der fest an die Gemeinsamkeiten aller Menschen glaubt. Und obwohl ihm schon viel Schlimmes und Abstoßendes auf seinen Fahrten widerfahren ist, an diesem Glauben festhält. Nach einer Weile sagt er zu Michael Freund:

»Ich mache immer meine Runde, und ich habe Sie schon verdammt oft da sitzen gesehen. Nie steigen Sie in einen Bus ein. Was machen Sie da eigentlich immer?«

»Nun, ich arbeite«, sagt Michael Freund – ohne seinen Blick vom Tablet-Computer zu lösen.

»Und was arbeiten Sie?«, hakt der Fahrer nach. Nun begegnen sich ihre Augen.

»Schwer zu sagen. Ich bringe Menschen Verschiedenes nahe. Ich mache etwas erreichbar für sie.«

»Im Internet?«

»Ja, im Internet. Aber nicht nur dort.«

Der Busfahrer denkt ein paar Herzschläge lang nach. Dann wirft er die halb zu Ende gerauchte Zigarette auf den Asphalt und tritt die Glut aus.

»Dann haben wir was gemeinsam«, sagt er.

»So?«, sagt Michael Freund teilnahmslos. »Was denn?«

»Wir sind Transporteure. Sie und ich.«

»Ja, das stimmt«, entgegnet der junge Mann.

In diesem Augenblick leuchtet eine E-Mail auf Michael Freunds Tablet-Computer auf. Sie stammt von Elisabeth

Salditts Chauffeur. Sie besteht nur aus einem einzigen Satz: Wann können wir uns sehen?

Was ist die Stadt? Immerwährendes Sterben.

3

Die Fahrt unserer Kamera beginnt am Kurfürstendamm, am Lehniner Platz, vor der »Schaubühne«, dem vielleicht besten Theater der Stadt. Ein Theater mit viel Geschichte, aber eben noch mehr Gegenwart. Es ist ein Ort, an dem darüber nachgedacht wird, was die entscheidenden Dinge des Lebens sind. Deshalb ist die Kamera hier, sie fängt den Schriftzug ein, der über den Eingangstüren in bunten Buchstaben geschrieben steht:

»In welcher Zeit leben wir eigentlich?«

Das Theater gibt auf seine Weise Antworten, sie lauten: Shakespeare, Tschechow, Goethe, Ibsen, Büchner. Drama, Tragödie, Komödie. Das Theater gibt die Antworten der Kunst. Wunderbare Antworten, sicher. Aber lässt sich das Leben damit wirklich fassen?

Die Kamera spielt ein kurzes Filmchen ein, Schauspieler in Kostümen, große Theatermomente, Hamlet und sein »Sein oder Nichtsein«-Satz, Schauspieler, die weinen, Schauspieler, die sterben. Die Kamera zeigt die Szenen und zeigt die Zuschauer, die die Szenen anschauen. In diesem Wechselspiel entsteht eine Frage: »Ist das, was wir da sehen, wirklich unser aller Leben?«

Die Kamera zieht weiter, lässt das Theater hinter sich. Die Fahrt geht schnell, nur den Kurfürstendamm runter, zum Bahnhof Zoo, das Ziel ist der Zoo, der richtige Zoo, der Ort, wo die Tiere zu Hause sind. Die Kamera mag das, Tiere zu benützen als Allegorien auf den Menschen. Die verrückten Pinguine, die schläfrigen Nilpferde, die knurrigen Löwen, die depressiven Gorillas.

Ganz nett, aber richtig weiter bringt es einen nicht, auf der Suche nach dem, was die unzähligen Facetten des Lebens am besten beschreiben kann.

Also weiter, vorbei am prunkvollen Kaufhaus des Westens, dem KaDeWe, weiter, in die Kurfürstenstraße, vorbei am Straßenstrich, wo die ganz jungen Mädchen Geld für die nächste Droge ranschaffen wollen, weiter in ein Wettbüro, in einen großen Raum, voll mit Fernsehern, auf denen Pferderennen zu sehen sind, in aller Welt, und immer die Frage: wer ist der Beste, wer ist der Schnellste, wer ist der Sieger, wer der Verlierer, ist das eine zentrale Kategorie?

Die Kamera verlässt den Raum und zieht nach oben in Richtung Himmel. Es ist März, es ist kalt, die Luft ist klar. Berlin von oben, immer kleiner werdend, dann ganz weg, nur noch Luft und Himmel. Ein kitschiger Moment, warum nicht, auch Kameras dürfen kitschig sein. Denn jetzt tauchen Namen auf, als würde sie jemand auf den weißen Wolkenhimmel mit schwarzer Feder schreiben. Zweimal jeweils zehn Namen.

D. H. Lawrence. Arthur Koestler. Marguerite Duras. Pearl S. Buck. Hubert Fichte. Charles Bukowski. Michail Bulgakow. Heinrich Mann. Jurek Becker. Johann Wolfgang von Goethe.

Pier Paolo Pasolini. Gabriel García Márquez. Joseph von Eichendorff. Jack Kerouac. Sybille Bedford. Siegfried Lenz. John Updike. Christa Wolf. Dario Fo. Maxim Gorki.

Jeweils zehn Künstler, die den Monat März gemeinsam haben. Die ersten zehn sind im März gestorben. Die zweiten zehn sind im März geboren. Ende und Anfang. Man könnte auch sagen: Der Refrain des Lebens.

Die Kamera ist wieder auf dem Boden. Und sie ist da, wo sie hinwill. Friedrichstraße. Das Haus, in dem Holly wohnt. Die Kamera zeigt Bilder aus ihrem Archiv, Bilder, die wir schon kennen. Annika Stassen bei diesem Vortrag vor Medizinstudenten. »Die Refrains des Lebens«, sagt sie, »wir kennen sie alle. Kaum haben wir Weihnachten in irgendeiner Familienkonstellation hinter uns, überlegen wir, was wir an Sylvester unternehmen. Im Januar melden wir unsere guten Vorsätze im Fitnessstudio an, im Frühjahr fahren wir in Gartencenter und verstecken Ostereier. Der erste Spargel, die ersten Erdbeeren … Schon kommen die Ferien, der Sommerschlussverkauf, der Schulanfang, die neue Herbstmode. Wir braten eine Martinsgans, holen die Wintermäntel raus, öffnen die erste Tür am Adventskalender und – zack – ist wieder Weihnachten.«

Die Szene geht weiter: Annika Stassen lässt das entstandene Gelächter abklingen, trinkt einen Schluck aus einem Wasserglas. Elegant sieht sie aus, in der dunkelblauen Jeans und dem schwarzen Blazer. Alles ganz simpel, von Jil Sander, wie so oft. Aber wie für sie gemacht. »Und wir verlieben uns, wir entlieben uns, wir betrügen uns. Wir bringen Kinder zur Welt, gehen zu Elternabenden, stehen an Taufbecken, Traualtaren – und an Gräbern. Sätze, die früher die Eltern gesagt haben, sagt man jetzt selber. Die Refrains des Lebens geben unserem Dasein Struktur, nehmen uns Angst, verschaffen uns das Gefühl, dass wir die Chance haben, Dinge beim nächsten Mal besser machen zu können«, sagt Annika Stassen, und die Kamera geht ganz nah an ihr Gesicht. Wir sehen ihr direkt in die Augen, in ihre hellen Augen, die immer diesen besonderen Glanz haben.

Weitere Szenen folgen, dieses Mal alles Szenen aus dem Holly-Kosmos der letzten vierzehn Tage:

Christa von Hutten beim Frühstück mit ihrem Mann.
Ute Halma tot in ihrer Wohnung.
Sibel Yolan, die Nacht durchtanzend.
Carla Rosenberg geht mit einem dicklichen Mann ins Hotel.

Larissa Werner am Flughafen in New York.
Simone Pfeffer und Georg Bender, nackt, im Bett.
Michael Freund nachts alleine an der Bushaltestelle, mit seinem Laptop.
Thea Liebhardt zu Hause am Boden spielend, mit ihren Zwillingen.
Eine Redaktionskonferenz: Viele Redakteure sind da, es wird die Frage diskutiert, wie Frauen Männer behandeln sollen. Oder müssen?
Lars Meier, der wie so oft in der Küche im Transit sitzt.

Alle Szenen schnell hintereinander geschnitten. Alle Leute sehen gut aus, die Kamera meint es gut mit ihnen. Die Kamera nimmt Holly ernst, als den Ort, an dem wie nirgendwo sonst beurteilt werden kann, in welcher Zeit wir eigentlich leben.

Aber die Kamera wäre nicht die Kamera, würde sie nicht noch einen kleinen Dreh aufsetzen. Sie fährt durch die Redaktion, es herrscht reges Treiben, Sibel Yolan ist irgendwo kurz zu sehen, Carla Rosenberg auch. Man hört Sätze in der Kaffeeküche. »Also ich sage dir eins, ich lasse mir das nicht länger gefallen, keinen Tag länger. Ich überlege, ob ich meine Haare abschneide.« Oder am Aufzug: »Gibt es eigentlich irgendwas, was du so richtig kannst im Leben? Ich kann nix, gar nix.«

Die Kamera zieht weiter, bis sie im Büro von Maxi angekommen ist, der kleinen, pummeligen Psychologie-Redakteurin, die so gerne ihre Arbeit als Überstunden abrechnet. Sie sitzt an ihrem Schreibtisch und tippt in den Computer. Die Kamera blickt ihr über die Schulter. Maxi schreibt eine kleine Glosse über die Frage, wie wichtig oder unwichtig der Faktor Überraschung in der Liebe ist. Die Kamera fängt das Wort ÜBERRASCHUNG ein. Nur dieses Wort.

Überraschung. Will die Kamera uns damit etwas sagen?

Mittwoch, 25. März

1

Das kleine Haus in der Rue de Villiers steht direkt an der Straße. Es ist vor vielleicht zweihundert Jahren aus diesem typischen grauen Naturstein zusammengesetzt worden, könnte genau so auch irgendwo in Südengland auf dem Land stehen und eben überall im Norden Frankreichs. Es ist gar nicht so klein, aber niedrig, wie geduckt. Der Wind fegt den Regen gegen hübsche alte Fenster, hinter denen schon jetzt, um drei Uhr am Nachmittag, Schirmchen-Lampen warmes Licht in den Vorgarten werfen.

Annika Stassen hat den Peugeot vor der letzten Kreuzung geparkt, ist die Landstraße im Nieselregen hinuntergestapft, wie um sich für das Treffen mit der Gegend hier vertraut zu machen.

»Kommen Sie jederzeit, wann immer Sie wollen, ich bin den ganzen Nachmittag zu Hause«, hat die ältere Dame am Telefon gesagt, verbindlich hat das geklungen, sehr freundlich. Aber dann hat sie aufgelegt, bevor Annika eine konkrete Zeit abmachen konnte, und das wirkte dann wieder befremdlich, beinahe unhöflich.

Nathalie Marins muss jetzt beinahe achtzig Jahre alt sein, auf der Suche nach ihr hat Annika immer damit gerechnet herauszufinden, dass sie inzwischen verstorben ist. Oder vielleicht dement geworden und damit nicht mehr zu gebrauchen als Zeitzeuge. Aber sie scheint topfit, geistig wie körperlich. Lebt allein, offenbar mit Hunden, da war ständig Gebell gewesen während des ersten Telefonats letzte Woche.

Gestern hingegen war es ruhig, als sie gesprochen haben. Vielleicht hatte sie ja damals nur Besuch, oder sie hütet hin und wieder Nachbarhunde, geht es Annika durch den Kopf, als sie nach einer Klingel am Gartentor Ausschau hält. »Hauptsache, mich fällt jetzt nicht so ein meschugger Schäferhund an«, denkt sie noch, dann drückt sie auf den Klingelknopf.

Im Haus geht in der Tat sofort wütendes Gebelle los. Und Annika denkt reflexartig, was sie immer denkt, wenn ein Hund auf einen Klingelton an der Tür mit Gebell reagiert: Warum macht er das? Weil er denkt, dass sein Besitzer taub ist? Oder weil er glaubt, dass böse Einbrecher und heimtückische Vergewaltiger sich brav an der Haustür ankündigen, »Gestatten, dürfte ich rasch Ihren Flachbildschirm und alles Bargeld mitnehmen?« Beide Varianten sprechen nicht gerade für den IQ der geliebten Vierbeiner – aber sagen Sie das mal einem Hundebesitzer!

In der Haustür steht jetzt Madame Marins, schaut ihr mit unbeweglicher Miene entgegen, drückt dann den Türöffner für die Gartenpforte, das Bellen ist leiser geworden, offenbar hat sie ihre Bewacher in einen entfernten Raum verbannt.

»Entrez, Madame, s'il vous plaît«, Annika geht ihr entgegen – und jetzt erkennt sie das Gesicht: Nathalie Marins, die Krankenschwester aus dem Universitätsspital in Rennes, damals, nach ihrem Autounfall. »Ma Sœur Nathalie«, wie sie dort genannt wurde, obwohl es längst keine Nonnen mehr waren, die in der Klinik die Kranken pflegten.

Immer noch umrahmt ein Kranz von geflochtenem Haar ihr Gesicht, weißes Haar inzwischen, damals war es noch grau gewesen, von silbernen Fäden durchzogen. Und immer noch dieser direkte Blick, direkt ins Herz, war es ihr vorgekommen. Mitten hinein in ihr verwundetes, vor Kummer so schweres Herz.

Als Annika aufwachte, damals, vor über zwanzig Jahren, wusste sie zunächst einmal nicht, wo sie war. Ihr Kopf war bandagiert, ein Bein hochgeschient, in Gips, genagelt, neben ihr piepsten Apparate, und statt eines Fensters gab es eine Glasscheibe in den Krankenhausflur.

Auf dem Tisch neben ihrem Bett stand eine Flasche Volvic-Wasser, ihr Lieblings-Mineralwasser, woher wussten die das? Und über dem Stuhl daneben hing ein Schal. Der Raum war in mintgrüner Farbe gestrichen. Um den Lichtschalter herum, neben der Tür, war die Farbe beinahe grau geworden, vom vielen Danebengreifen mit schmutzigen Fingern. Dabei schien das doch hier ein Krankenzimmer zu sein. Alles steril und so. Sie wusste nicht recht, ob sie das eklig finden sollte. Ihr Blick fiel auf den Flur hinter der Glasscheibe.

Da stand diese Krankenschwester, notierte offenbar gerade etwas und hob plötzlich die Augen, sah sie an, sah, dass sie wach war. Und nickte.

Und – das wusste Annika noch ganz genau – sie hatte zurückgenickt.

Aber dann war sie gleich wieder eingeschlafen, wahrscheinlich nur für kurze Zeit. Als sie wach wurde, saß Christian an ihrem Bett. Im grünen Kittel der Intensivstation, mit besorgtem Gesicht, Dreitagebart, fahl unter der gebräunten Haut.

»Hallo, meine Liebste, willkommen zurück im Leben!« Langsam, ganz langsam, war ihre Erinnerung zurückgekehrt.

Sie auf dem Beifahrersitz des gemieteten Cabrios, Christian am Steuer, Ellbogen ins Fenster aufgestützt, Zigarette in der Hand. Beide waren nicht angeschnallt, er hatte wie immer seinen Gurt »ausgetrickst«, wie er das nannte, indem er ihn hinter seinem Sitz herumführte und dann festklickte, um so den Erinnerungston zum Schweigen zu bringen. Sie hatte sich diesmal seiner Taktik angeschlossen, »mit diesen Gurten erwürge ich am Ende mein Baby, noch bevor ich mit dem Kopf durch die Scheibe gehe«, war ihre feste Überzeugung.

Der Lastwagen kam ihnen in einer unübersichtlichen

Kurve entgegen, er war viel zu weit auf ihrer Fahrbahn, wahrscheinlich zu schnell. Sie schrie auf, Christian riss das Steuer zur Seite, sie streiften den Laster kurz, kamen ins Schleudern, überschlugen sich, den leichten Abhang neben der Landstraße hinunter.

Annika erinnerte, dass sie sich intuitiv zusammengerollt hatte, ein Arm über ihrem Bauch, mit dem anderen irgendwie Halt suchend, dann dieser Schmerz im Bein, dann Blut auf ihrem Mantel, dann alles gleißend hell, dann nichts mehr.

Und jetzt das besorgte Gesicht von Christian, der mechanisch ihre Hände streichelte, die wie Fremdkörper auf dem Laken lagen. Auf ihrem Bauch.

In dem kein Baby mehr war.

»Wo ist mein Baby?«

Christian sagte nichts, hatte jetzt Tränen in den Augen, streichelte noch immer ihre Hand, schüttelte dabei den Kopf. Sie riss ihre Hände weg.

»Wo ist mein Baby???« Jetzt schrie sie die Frage, weil sie die Antwort schon wusste.

Christian schluchzte jetzt, jedenfalls zuckten seine Schultern, sein Gesicht konnte sie nicht sehen, der Kopf war gesenkt, er suchte auf der Bettdecke nach ihren Händen, die sie zu Fäusten geballt vor ihren Mund gepresst hielt. Sie japste, schrie jetzt verzweifelt, unartikuliert, schlug um sich.

Schwestern kamen ins Zimmer, ein Arzt, man fasste sie an den Schultern, an den Händen, eine Infusion wurde aufgezogen, beschwichtigendes Gemurmel auf Französisch, dazwischen Christian. »Annika, Liebes, es tut mir so leid, es ist so furchtbar, ich weiß nicht, wie ich es dir sagen soll …«

Danach riss ihre Erinnerung wieder ab. Für ein paar Stunden, vielleicht sogar Tage, sie konnte es nicht genau sagen. Ihr Baby war tot. Irgendwann kriegte Christian den Satz über die Lippen. Sie versank in Agonie, keine Tränen mehr, starrte an die Wand, wollte nicht sprechen, nicht hören. Nur vergessen, für immer.

Nichts essen, mühsam ein wenig trinken. Immer wieder Schlaf, bleischwer mit schlimmen Träumen. Einmal saß sie mit dem Baby im Auto, als sie sich überschlugen, sie konnte es nicht halten, es flog im hohen Bogen aus ihren Armen … Als sie schreiend wach wurde, saß Schwester Nathalie an ihrem Bett. Es war vielleicht vier Uhr früh, und sie sah so frisch aus, als hätte sie gerade gut ausgeschlafen und schön gefrühstückt.

»Shhhhhhhh, Shhhhhhhh, ma petite, es war nur ein böser Traum«, sie hielt sie im Arm, flößte ihr heißen Tee ein, strich die nass geschwitzten Haare aus der Stirn.

»Mais, la verité, elle est pire, elle est une catastrophe, ma vie, c'est fini.«

Schwester Nathalie nickte, sagte nichts. Blieb einfach da.

Und wurde die zentrale Person in dem kleinen Universum der nächsten zwei Wochen. Christian kam anfangs jeden Tag, manchmal sogar zweimal, aber sie konnte ihn nicht ertragen, sein schuldbewusstes Gesicht, seine übertriebene Fürsorge, die Art ,wie er mit ihr sprach, »Ich bin nicht behindert, hör auf, mich so zu behandeln.« Ihre Trauer schien ihn zu überfordern, er wollte sie immer nur wegstreicheln, wegreden, konnte nicht verstehen, dass genau das nicht ging für sie.

»Bist du denn gar nicht traurig?«, fragte sie ihn einmal und versuchte in seinem Gesicht zu lesen, was genau ihn bewegte.

Er war nicht wirklich begeistert gewesen, als sie damals schwanger wurde, sie waren bis dahin vor allem leidenschaftlich verliebt, von Familie gründen war nie die Rede. Auch bei ihr nicht, aber sie hatte sich trotzdem sofort total gefreut. »Kinder kommen nie im richtigen Moment«, lachte sie seine Bedenken weg, »wir schaffen das schon, musst mich nicht gleich heiraten, versprochen!« Und er hatte gelacht und gesagt: »Dabei wollte ich genau das!« Aber wirklich um ihre Hand angehalten, wie man so sagt, das hatte er dann nie.

»Doch, natürlich bin ich traurig, aber wir können doch wieder ein Baby haben, später, wenn wir bereit dafür sind.« Fahriges Gestreichel ihres Unterarms.

Sie wollte nicht an ein anderes Kind denken. Dieses Kind hier gab es nicht mehr. Nur daran konnte sie denken. Es war beerdigt worden, noch bevor sie aus dem Koma erwacht war. Man hatte zwei Tage gewartet, aber da man nicht wusste, ob jemals oder wann sie wach werden würde, hatte Christian sein Okay gegeben.

Sie hatte nicht die Kraft, aufzustehen und das Grab anzuschauen. Vielleicht würde sie nie die Kraft dazu haben.

Als sie eine gute Woche wach war, musste Christian zurück an die Uni. Sie konnte nicht, nicht schon jetzt. Er hatte für sie ein Urlaubssemester beantragt, ein halbes Jahr Auszeit für die Trauer um ein Leben, das es nicht geben würde.

Sie blieb noch zwei Wochen im Krankenhaus. Bald schon war sie auf die normale Abteilung verlegt worden, Schwester Nathalie blieb dennoch bei ihr. Kam sogar zwischen ihren normalen Schichten und immer bevor sie nach ihrem Dienst das Haus verließ. Saß an ihren freien Abenden mit ihrem Strickzeug an Annikas Bett, brachte Obst aus ihrem Garten, frisch gebackene Crêpes, Kassetten für ihren Walkman.

Simon & Garfunkel life in Central Park würde Annika für immer mit dieser Zeit verbinden, ein Live-Mitschnitt eines Konzerts von 1981. »Hiding in a hiding place, where no one ever goes …« Und die Lieder von Georges Moustaki. Aber auch »Elle, elle l'a«, das Lied von France Gall, immer und immer wieder. Ella. Der Name, den sie ihrer kleinen Tochter hatte geben wollen, frei nach dem Sommerhit jenes Jahres, als ihre Liebe zu Christian begann.

Die beiden Frauen sprachen nicht viel, nie wurden sie persönlich. Annika wusste fast nichts über Schwester Nathalie, gerade mal ihren Nachnamen, von den Dienstplänen. Und dass sie in einem kleinen Ort in der

Nähe aufgewachsen war und immer noch lebte, Port-en-Bessin-Huppain. Dass sie keine Kinder hatte, ihre Eltern lange verstorben waren. Dass sie Hunde liebte, eines Tages, wenn sie nicht mehr arbeiten würde, unbedingt welche haben wollte.

Als Annika jetzt in dem kleinen Haus in Huppain sitzt, hört sie die Hunde leise hinter einer verschlossenen Tür fiepen.

»Sie können sie ruhig herauslassen, oder fressen sie mich auf?« Sie ist sich nicht ganz sicher, ob das zu rüde rüberkommt in ihrem ungeübten Französisch, aber die alte Dame lächelt und sagt: »Sie vielleicht nicht, aber sicher Ihre schöne Handtasche. Und Ihren Mantel könnten wir auch gleich in die Reinigung bringen.«

Es steht Tee auf dem Tisch. Wie damals. Tee, um sich anzuwärmen.

Als Annika Nathalie Marins letzte Woche angerufen hat, hat sie nicht viel erklären müssen. Schon bei ihrem Namen hat Madame Marins reagiert, »Mais oui, comment allez-vous, Madame?« Offenbar funktioniert ihr Gedächtnis noch perfekt. Oder es gibt gute Gründe, Annika und ihre Geschichte nicht so einfach zu vergessen.

»Wissen Sie, ich habe sehr lange nicht mehr an all das hier gedacht«, fängt Annika jetzt das Gespräch an und stellt dabei ihre Teetasse zurück auf den Tisch. »Aber jetzt ist etwas passiert, das mich sehr beunruhigt und auf die Ereignisse von damals ein neues Licht wirft.« Sie hat sich diesen Satz genau zurechtgelegt, aber jetzt, als sie ihn ausspricht, kommt er ihr dennoch seltsam hölzern vor.

Nathalie Marins nickt. Schaut auf ihre Hände hinunter, als sucht sie nach Worten. Räuspert sich. Spricht schließlich, mit leiserer Stimme als zuvor. »Ich habe schon lange damit gerechnet, eines Tages von Ihnen zu hören. Ich habe sogar alles aufgeschrieben und zusammen mit meinem Testament beim Notar hinterlegt. Falls mir etwas zustößt, bevor ich mit Ihnen gesprochen habe.«

Annika spürt, wie ihre Beine anfangen zu zittern. Sie hat das Gefühl, knallrot anzulaufen, und gleichzeitig werden ihre Hände, die sich ineinanderkrampfen, eiskalt.

Sie sagt nichts, starrt Nathalie Marins nur an. Die rückt nach vorn in ihrem Sessel, legt eine Hand auf Annikas Knie. Und sieht sie mit einem Blick an, den Annika von damals kennt: Voller Anteilnahme, aber ohne jedes Mitleid.

»Sie sind gekommen, um die Wahrheit über Ihre kleine Tochter zu erfahren, nicht wahr?«

Donnerstag, 26. März

1

Die Apotheke in der Rosenthalerstraße ist schon sehr lange eine Apotheke. Und zum Glück hat nie jemand etwas an ihr verändert. Simone Pfeffer mag diese Apotheke, in der ein Kronleuchter aus der Mitte eines Deckengemäldes herabhängt, alle Wände holzgetäfelt sind, mit eingebauten Schubladen, Schranktüren und Vitrinen. Der Tresen steht genau in der Mitte unter dem Kronleuchter, ein mit Schnitzereien bestücktes Kunstwerk, über das hinweg schon allerhand Beschwerden verhandelt wurden.

Die Apotheke liegt genau gegenüber dem Haus, in dem Simone vor fast zwei Monaten die Tasche mit ihren Habseligkeiten fünf Stockwerke hochgeschleppt hat. Eine Verlagswohnung, die ihr so lange zur Verfügung steht, wie sie benötigt, um ihren Auftrag in der Holly-Redaktion zu erledigen. Die Analyse der Workflows mit anschließenden Empfehlungen, wie man Kosten sparen kann, indem man die »Strukturen der Redaktion verschlankt« und »Arbeitsprozesse zeitgemäßer aufstellt«, sprich: alles schneller, alles digitaler, alles mit weniger Leuten.

Es ist kurz vor acht Uhr abends, als Simone ihre Lieblingsapotheke betritt und sich an den Tresen stellt. Die Menschen, die hier arbeiten, sind nett, es herrscht ein gutes Betriebsklima.

Sie hätte lieber eine Frau gehabt, die sie bedient, aber hey, ist doch egal. Der junge Mann mit Bart hat ein freundliches Gesicht.

Sie wäre lieber die einzige Kundin am Tresen gewesen, aber hey, der schwere Mann neben ihr spricht ja auch offen über seinen Fußpilz.

»Ich hätte gern einen Schwangerschaftstest«, sagt Simone.

»Einen Frühtest oder einen normalen?«, fragt der junge Mann mit Bart.

»Was ist der Unterschied?«

»Den Frühtest machen Sie schon, bevor die Periode ausfallen könnte. Den normalen Test, wenn die Periode schon überfällig ist.«

»Ich möchte einen normalen«, sagt Simone, und jetzt wird sie doch ein bisschen rot, weil sich der schwere Mann mit dem Fußpilz zu ihr dreht und sie mustert. Er hat eine Strickmütze auf dem Kopf und eine Brille mit winzigen kreisrunden Gläsern vor den Augen.

»Da gibt es jetzt sehr verschiedene Arten …«, sagt der junge Mann.

»Ach geben Sie mir einfach den, den Sie für den besten halten«, sagt Simone, um das endlich abzukürzen. »Und bitte noch die Augencreme ›Nachtkerze‹ von Weleda«, sagt sie auch noch, um die Dramatik rauszunehmen.

Aber der junge Mann, der jetzt eine gelbweiße Packung auf den Tresen legt, ist genau: »Ich gebe Ihnen dann diesen hier. Da müssen Sie den Streifen direkt in den Urinstrahl halten. Das ist zwar etwas unbequemer ...«

»Tschüss!«, ruft der schwere Mann auf dem Weg zur Tür. »Schönen Abend noch!«

»... aber das Ergebnis ist sicherer. Ein Gefäß kann durch Verunreinigungen die Messung verfälschen.«

»Okay«, sagt Simone und wundert sich, dass ein Test, der etwas so Lebenswichtiges messen kann, billiger ist als die Augencreme.

Es ist Donnerstagabend, der 26. März. Ein Abend mit einer Luft, die nun wirklich eindeutig nach Frühling riecht. Als Simone oben in der Wohnung ankommt, steckt sie das iPhone zuerst in die Bose-Anlage und macht Musik an. Lana del Rey, danach ist ihr. Und sie lässt sich ein Bad ein, kippt die Lavendelessenz rein, die sie sich vor ein paar Tagen gekauft hat. Die Tüte aus der Apotheke stellt sie erstmal auf der Kommode im Flur ab. Nur nicht so wichtig nehmen, die Angelegenheit. Okay, sie hat zweimal – oder dreimal? – die Pille vergessen. Und ihre Periode ist seit einer Woche nicht da. Aber der Grund ist ihr Stress, das ist doch klar.

Als sie aus der Badewanne kommt, macht sie sich einen Tee. Sie ändert die Musik, hat Lust auf akustische Gitarren. »If I needed you would you come to me«, singt Townes van Zandt. Sie hat auch mal kurz Gitarre gespielt, versucht zu spielen. Der Typ hatte lange schwarze Locken und hat gesagt, das ist ganz einfach, das zeig ich dir. Sie war 17, und sie war mit ihren Eltern an der französischen Atlantikküste in Urlaub, ganz im Süden an der Grenze zu Spanien. Dort gab es gar keine Orte mehr, nur gigantische Pinienwälder, die bis zum Meer reichten, und ein paar Campingplätze hinter der Sanddüne. Und einen Typen mit Locken, der ein winziges Zelt hatte und abends zum Geräusch der Wellen Gitarre spielte und sang: »If I needed you …«

Das mit dem Streifen im Urinstrahl war überhaupt nicht schwierig. Es ist schon fast Mitternacht, als sie auf die Verfärbung des Streifens starrt. Das Zeichen »+« zeigt diese Verfärbung an. Sie zeigt eindeutig nicht das Zeichen »-«. Nochmal den Beipackzettel lesen. Genau lesen. Vielleicht ist es ja … nein, es ist nicht umgekehrt: »+« heißt schwanger.

Morgen früh um acht fliegt sie mit Christa von Hutten nach Paris. Sie werden ein Interview mit Ina Edelsinn führen, das erste, das sie seit 14 Jahren geben wird.

Schwanger.

Es ist alles vereinbart für dieses Interview morgen. Zehn Mails und sogar ein unterschriebener Vertrag legen fest, dass Ina Edelsinn ausschließlich über die Zucht ihrer französischen Bulldogen reden wird, über nichts, nichts, nichts sonst. Simone hat einen Fragenkatalog vorbereitet, der versuchen wird, Brücken zu bauen – von den Hunden zum Rest des Lebens. Zum Beispiel:

»Welche Eigenschaft Ihrer Hunde vermissen Sie am meisten bei den Menschen?« Oder: »Gab es Gefährten in Ihrem Leben, die ähnliche Qualitäten aufwiesen wie Ihre Hunde?« Aber sie hat noch eine Trumpfkarte dabei, von der sie auch Christa von Hutten nichts erzählt hat: Ina Edelsinn fährt zweimal im Jahr für vier Wochen in einen kleinen Ort in Japan. Seit vielen Jahren schon. Dort lebt ein Freund. Ein Mann. Der Mann, den sie liebt, sagen die Spyders. Ganz sicher. Auch als die Designerin noch voll im Geschäft war, hat sie ihr Privatleben immer abgeschirmt. Es war nie klar, ob sie lesbisch war, was viele vermuteten. Simone überlegt schon seit Tagen, was sie mit dieser Information anstellen soll, wie und zu welchem Zeitpunkt des Gesprächs sie damit operieren soll.

Schwanger. Was, wenn Champagner gereicht wird beim Gespräch? Trinken?

Simone hat alles über Ina Edelsinn gelesen. »Mode kann trösten«, sagte sie einmal. »Ein Kleid kann ein Trost sein. Wenn es dir steht, sagt es: Siehst du, du bist okay, egal was gerade ist. Eine Lederjacke, die du schon lange besitzt, aus dem Schrank holen, das ist wie einen Freund treffen, der sagt: schön, dich zu sehen.« Was soll ich morgen anziehen?, fragt sich Simone Pfeffer. Sie stellt den Wecker und beschließt, das morgen früh zu entscheiden.

Schwanger. Hey Frank, du wirst Vater. Hey Georg, du wirst Vater. Simone holt ihre Zigaretten. Okay, vor einer Stunde habe ich ja auch noch geraucht. Diese eine Zigarette hier tut so, als wüsste ich noch nichts.

Und dann?

Sie setzt sich im Bademantel auf die kleine Terrasse und zündet die Zigarette an.

Hey Frank, hey Georg! Jungs! Wie machen wir das? Wollt ihr losen?

Von der Terrasse aus kann man den Fernsehturm sehen. Und den Mond. Der Mond ist eine Sichel. Wie vor ein paar Wochen. Das hat Georg als SMS geschrieben, das weiß sie noch genau. Ihr wäre es nicht aufgefallen, auch jetzt nicht. Aber Georg hat es geschrieben. Der Mond ist eine Sichel. Simone Pfeffer beschließt, sich an diesem Gedanken festzuhalten und so durch die Nacht zu kommen. Wenn ein Kleid Trost sein kann, dann doch erst recht der Mond.

ENDE